マドンナメイト文庫

いじめっ娘ペット化計画

綿引 海

目次
contents

いじめっ娘ペット化計画

第一章　惨めな舐め犬生活――熟女の生涯肉バイブ

1

「ちょっと、早くしなさい」

　イラついた様子で瑞月華江（みづきはなえ）が呼ぶ。

　豪奢なダブルベッドに膝を立てて座っている。

　熟れきった裸体に白いバスローブを羽織っただけの姿だ。重みで揺れるミルク色の乳房の先端、熟しきって色の濃い、大粒の乳頭を隠す素振りもない。

「は、はい。今、すぐに」

　大沢恭介（おおさわきょうすけ）は全裸のままベッドにあがって伏せる。

「さっさとお舐めっ」

名家である瑞月家の未亡人とは思えない乱暴な言葉遣いで、エステティシャンたちによって磨かれた太ももを誇るようにバスローブの前をひろげる。

華江は下着を穿いていない。薄めだが面積の広い茂みをぱっくりと割った、肉ビラの厚い妖花は期待の蜜で光っている。

恭介は犬が皿の水を飲むように、腰を浮かせて男根をふりふりと情けなく揺らしながら、熟女の陰唇に舌を伸ばした。

華江が愛用するバスソルトがしみていて、薄い塩味がする。バラの香料と女の淫液が混じって、南国の果実を思わせる、強烈な匂いが恭介の脳を直撃する。

「うっ……ああン」

厚めの花びらを左右交互に唇で挟んでしごくと、華江の低い呻きが頭上から降ってくる。

舌をとがらせてクリトリスの包皮を剝く。ぷりんと太った陰核が顔を出す。

ピーナッツほどの突起を舌でたたく。女の身体の中で最も敏感な部位だと聞くが、華江は半端な愛撫よりも激しくされるのを好む。

「んくぅ……はあッ、クリにしみるぅ」

何年も、この未亡人への奉仕を続けさせられてきたのだ。華江が感じるポイントはすべて把握している。

二十七歳の恭介が、唯一知っている女体だ。

瑞月家の使用人だった父の死後、ひとり残された恭介の面倒をみてくれたのは亡くなった、華江の夫だ。とてもいい人だった。

けれど当主の死後、驕慢(きょうまん)な令夫人は、童貞だった恭介を性玩具として使いはじめた。

恋人や愛人ではない。愛人は別にいる。

夫と死別するはるか前から、娘の通う小学校の若い男性教師を庭から寝室に招いていたのを少年時代の恭介は何度も目撃していた。ガレージに停めた車の中で、運転手の股間に顔を伏せているのをのぞいて興奮してしまったこともある。

華江はひとりの男では満たされないらしく、夫の入院中にセレブ女性の多い高級スポーツクラブのコーチとは泊まりの旅行にも出かけていたほどだ。

他の家族は知らないが、恭介は、華江が他の男に抱かれて帰ってきてから、デザートとばかりに追加の愛撫を要求されるので知っている。

キスマークや、膣道に残る結合の余韻ですぐにわかるのだ。

「おあ……いいわ。いいわッ」

華江が恭介の髪をつかんで自分の股間に顔を埋めさせる。

大きなエメラルドのはまった指輪が、恭介の髪にからんで痛い。それでも舌を上下に振って、剥き出しの熟れたクリトリスへの刺激を続ける。

「んくっ、あふぅ……いいっ、いいわ……まったく、おまえはグズなのに、舌だけは働き者ね……くうッ」

華江の声がかすれがちになる。陰核のつけ根に隠れるように、ちょこんと開いた尿道口もひくついている。舌をとがらせて極小の穴を突くと「んはああっ」とあられもない声をあげて太ももがびくびくと痙攣し、恭介の頭を挟む。

「んはあぁ……いいわ、すごくいいッ」

赤肉の洞窟からこぼれる女の欲汁が濁りはじめたら、そろそろクンニリングスでは足りなくなってきたというサインだ。このまま単調に舐めつづけていると、華江からグズ、役立たずと罵倒され、足蹴にされる。

「あああ、華江様ぁ……挿れたいです」

牝汁で濡れ光る顔を持ちあげると、恭介は哀れな声を出す。

「そんなに私が欲しいの？　まったくグズな玩具のくせに生意気ね……」

華江の視線が、四つん這いの青年の下半身に向く。

「ふふっ、情けないわね。我慢のお汁をたらたら漏らして……」

若い牡肉は充血しきって、先端の小孔から透明な露を垂らしている。

亀頭が太って幹は細めの、巨大な土筆を思わせる男性器だ。

「お漏らしでシーツを汚して……そんなに私のココを味わいたいのね」

華江は、自分から挿入しろとは言わない。あくまでも恭介が懇願し、華江の女としての魅力を褒めさせてから、もったいぶって結合を許すのだ。

「華江様っ、お願いします。挿れたいです。華江様とひとつにつながりたいです」

もちろん、演技だ。

あくまでも、屋敷の支配者である華江のお情けで住みこませてもらっている、ひとりの男ではなく性具という、自分の立場を守るための白々しい懇願だ。

女性誌にもライフスタイルが取りあげられたほどのセレブな美熟女に誘われるのだから、他の男からみれば幸運かもしれない。

だが、そのセックスは地獄だ。

射精を許してくれないのだ。

「ううっ、華江様の、キュウキュウ締めつけてくる、最高のオマ×コが大好きなんですっ」

懸命に考えて記憶した懇願の言葉を並べながら、恭介はサイドテーブルの抽斗(ひきだし)を開ける。

愛人とのセックスで使うらしい毒々しいピンクのローターや紫のバイブレーター、ときには恭介に華江が求める、前後穴への同時愛撫に使うアナルスティックが並んでいた。

妖艶なマダムの体液を吸った、禍々(まがまが)しい玩具の脇から避妊具を取り出す。

世の中には薄さや使用感のなさを追求したコンドームがたくさんあるというのに、華江が指定するのは、安物の分厚くて硬い製品だ。早漏ぎみの恭介が、自分よりも先に絶頂してしまわないためだ。

(今日こそは……せめてオマ×コの中でイキたい)

恭介はごわごわする避妊具を猛った肉茎にかぶせる。締めつけが痛い。

「いいわ。ほら……ご褒美よ」

男の様子をつまらなそうに見届けてから、横たわった華江がむっちりと脂が乗った脚を大きく開く。

肉厚の陰唇が割れて、赤々とぬめる熟穴から淫蜜がこぼれ、会陰を伝ってコーヒー色の肛渦まで濡れている。

「ああ……華江様っ、挿れますっ」

グラマスな熟女に覆いかぶさって、膣口に先端を当てる。

（ううっ、温かい）

ゴムに覆われた男性器をぐいと突き挿れた。

「んン……んっ、ああ……」

華江の膣口はぱっくり開きっぱなしで、陰唇も牡肉を柔らかく包む。

ずぬ……ずぶりぃ。

ゆっくりと亀頭冠を沈めていく。

「う……くううっ」

経産婦の膣道は緩いのだが、それでもにゅく、にゅくと熱い竿を締めつける。

ずるっ、ずるぅ。

亀頭が陰裂に沈む。

「はあ……いいわっ」

華江は悶えるが、恭介は物足りない。極厚のコンドーム越しでは、膣肉の温度すら伝わってこないのだ。

2

「さあ、突きなさいっ」

セックスの予感だけで、すでに華江の子宮は弛緩して首を伸ばし、膣道の半ばまで塞いでいる。

「う……くううっ、華江様のオマ×コがとろとろですっ」

肉茎の半ばまでしか納まらない。奥が浅いのだ。

「ほおおおうっ、届くゥ」

亀頭がめりっ、めりっと子宮口に食いこむ。

膣奥に待つ女陰の唇に、ごりごりと先端を押しつけると、一気にぐりりと挿入する。

亀頭が温かな粘膜に包まれて、肉茎がじいんと痺れる。

「はああっ、華江様のオマ×コの……中にっ」

「だめよ。入り口を擦りなさい……おおおう」

深く突きたいのに、華江は恭介の腰に手を置いて動きを抑制する。

（くうっ、チ×ポの先しか挿れられないのがもどかしいっ）

温かい熟肉に亀頭を覆われているのに、それ以上深く挿入させてはもらえないのだ。

華江の膣道はすぐに子宮口で行き止まりになる。

「あ……はあっ、いいわ。いいわッ」

コリコリした粘膜の唇をたたきながら、Ｇスポットと呼ばれる天井のざらつきを亀頭の縁で削られるのが華江のお気に入りだ。

だが肉茎を半分も挿れられず、しかも大きなストロークができないので恭介には物足りない。

「あっ、あ……そのペースで突きなさい。おまえの硬いのが中で跳ねて……いいわ」

分厚いコンドームのせいで刺激も半減されている。

「くううっ、華江様……あううっ、チ×ポが……熱いっ」

仰向けに寝た女性を貫く、本来なら男性優位の体位だ。けれど恭介に、自分の快感を求めることなど許されない。脈打つ男のシンボルは、華江にとってバイブレーターと同列の、生きた淫具なのだ。

「おおっ、あああ……そのまま続けなさい、お……おおッ」

じゅぷりと濃い牝蜜が結合部を伝う。女の生々しい性臭が強くなり、華江の頬がピンク色で艶やかになる。

絶頂まであと少し。激しく突くのではなく、亀頭を包む子宮口をこねるように腰をまわしてやる。

「は……ああ、すごいわ。このまま……ああ、イカせなさいッ」

今の恭介は、華江の性器の反応を知りつくしている。

天涯孤独の一文なし。この屋敷に引き取られた恭介の最初の仕事は、亡夫と同じ庭の手入れや周囲の私道の掃きそうじだった。

今は華江の寝室が恭介の仕事場だ。

(だめだ。腰が速くなりすぎると、また叱られる)

男の本能に従って抽送のペースをあげてはいけないと自制する。

華江が好むとおりに腰をカクカクと小刻みに振るしかない。

(もっと挿れたいのに……また射精はできないのか)

未亡人に呼ばれれば二十四時間、いつでもすぐに勃起を道具として使わなければならない。寝室に入る前には廊下で全裸になるのも、独裁的な女主人の言いつけだ。

恭介は華江の膣内で射精するのを許されていない。

射精すれば勃起は硬さを失う。

華江は柔らかいペニスが嫌いだ。

分厚いコンドームは恭介の快感を半減させる貞操帯でもあるのだ。

どうしても射精したければセックスが終わって華江の膣肉を舌で清めてから、恭介は庭にある使用人用の便所に駆けこんで自慰をするしかない。

だが、射精してしまえば最低でも一時間は再勃起できない。もし一度では物足りない華江に呼び出されたら、使い物にならないと役立たずと罵(ののし)られ、スリッパで尻や睾丸をたたかれてしまう。

追いつめられた恭介はもう、自慰すらしないようになっている。

「ぐうう……暴れてる。私の中がうれしいのね。続けて。ゴリゴリしなさいッ」

華江は「あんっ、あひっ」と激しく喉を鳴らし、たっぷりとボリュームのある乳房を振りまわしながら全身を震わせる。

肉欲に溺れる未亡人のダンスが恭介の下でくり返される。

「お……おおッ、そのまま……ああ、イクぅッ」

びくり。びくり。

恭介の腰を挟んだ腿が痙攣する。絶頂の証(あかし)だ。

「はうう……いいッ、おまえはいい玩具だわッ」

間欠泉のように熱い飛沫(しぶき)が膣道の奥から湧き、ゴム越しの亀頭を茹(ゆ)でる。

「ああ……華江様っ、僕も気持ちいいです。華江様のオマ×コは世界一です」

褒める言葉はもちろん演技だ。

(うう……身体がもやもやする)

勃起の半ばまでしか埋められず、ストロークも短い。射精はできないが、もどかしい快感だけが続くご奉仕セックスは、恭介にとってただの義務だ。

しばらく結合で余韻を楽しませてから、ゆっくりと弓なりに反った肉バイブを引き抜いた。

華江が達したからといって休むわけにはいかない。

「ああ……華江様のここを舐めてきれいにさせてください」

絶対の愛を捧げるような神妙な顔で、後戯を兼ねた清拭(せいしき)をしないと怒られる。

(チ×ポが苦しい。射精したくてたまらないのに)

絶頂の蜜を振りまいた満開の牝花に顔を寄せる。舌を出して濃い牝液を舐めようとした。

突然、ベッドサイドに置いたタブレットが電子音といっしょに振動した。

「あらっ、まあ、大変」

華江が上品な未亡人の顔に戻る。

タブレットは屋敷のインターホンに接続していて、どこにいても来訪者の姿を確認し、門を解錠できる。

タブレットに映ったのは鍵のかかった門の外ではなく、屋敷の玄関の前にあるカメラからの画像だった。若い女性だ。

「ママ、なんで内鍵をかけてるの」

タブレットから不満そうな声が聞こえてくる。

(あっ、利沙だ。なんてタイミングに来るんだ)

すんだ、けれどどこか冷たいトーンの声でわかる。華江の一人娘で、恭介と同じ歳の利沙だ。

音大を卒業し、音楽学校でピアノの講師をしていた利沙が結婚してから、もう一年になるが、めったに屋敷へは戻らない。それが突然、訪ねてきたのだ。

慌てているのは恭介だけではない。

「いやだわ、利沙ちゃんったら。どうして電話をしてくれなかったの」

タブレットの画面に向かって、はだけたバスローブを直しながら華江が立ちあがる。

「おまえは隠れていなさい」

インターホンの画面をオフにして、乱れた髪のまま華江は玄関に向かった。

困ったのは恭介だ。華江の寝室に呼ばれたときは、廊下で全裸になることを命じられている。だから下着が一枚、廊下にたたんであるだけだ。

(利沙に見られるわけにはいかない)

中途半端な快感で勃起したままだ。コンドームを装着したまま、間抜けな内股で廊下に出ると、ボクサーブリーフだけを穿いた無防備な姿で廊下を進んでいく。

(大丈夫だ。二階にくる理由はないはずだ)

屋敷の二階には利沙が結婚前に使っていた部屋があるが、たまに里帰りしても寄ることはない。屋敷の裏にある階段を通れば、すぐに隣にある平屋の自宅に帰れる。

だがドアをそっと開けて、階段に向かおうとした瞬間、背後に足音を感じた。

「久しぶりね」

背筋が凍る。

「あたしの家の中を裸でうろついて……まったく、どういうつもりなの」

利沙の声が、恭介を緊張させる。

「ママは突然お風呂に入るって言い出すし……どういうことかしら」

結婚するまで、学校で、家庭で、利沙は恭介を徹底的にいじめてきた。

悪夢のような言葉が思い出される。

なんて無様な男なの。ちゃんと目を合わせなさいよ。あたしの前でウロウロしないで。グズ。この家にいつまで居座るつもりなの。

恭介の姿を見るたびに、この背の高いモデル体形の娘は、罵詈雑言（ばりぞうごん）を浴びせてきた。そして、広い屋敷に実母と恭介が二人で暮らすのをあからさまにいやがっていた。

「ねえ……あなたって、会うたびに卑屈な生き物になっていくよね」

侮辱の言葉が近づいてくる。

3

百七十センチの恭介と、それとほとんど変わらない高身長の利沙が真後ろに立つ。

「……匂うわ」

恭介の肩胛骨のあたりで、すん、すんとわざとらしく鼻を鳴らしている。そして利沙が手を伸ばし、恭介の後ろ髪をぐっとつかんだ。

「あんたから、ママのバスソルトの匂いがする。どういうこと。いっしょにお風呂に入ったの？」

「ま、まさかそんな大それたこと……」

華江が愛用するローズの香りが、恭介の身体に染みついている。

「気持ち悪い。ママと関係してるの？」

背後から髪をつかんで引っぱられ、強引に振り向かせられた。

正面に立っていた、眩(まぶ)しいほどに美しい新妻が怒りの目を向けていた。

意志の強そうな大きな目は母親譲りだが、すっと細い輪郭と、高慢な印象すら与えるすっと通った鼻筋、そして不機嫌そうにへの字になっていてもふんわりと柔らかそうな唇に視線が吸い寄せられる。

母親の華江が、南国に咲く大輪の花なら、娘の利沙は厳しい環境でも、風に立ち向かう高山植物のような凜々しさがある。

「情けないわ。自分の母親が、あんたみたいな負け犬と……」

嫌悪を隠そうともせずに、まっすぐに見つめてくる。

クリーム色の薄手の生地が、さざ波のように連なったシフォンワンピース。将来の外交官夫人にふさわしい、いかにも上品で洗練された姿だ。

裾(すそ)からのぞく、セレブ専用のスポーツジムで引きしめたふくらはぎはストッキングなしのナマ肌だ。家族用のスリッパからちらりと見えるくるぶしの、木の実のようなふくらみまで輝いている。

半裸の恭介は、恥ずかしさに内股で立つ。体格からすれば視線は恭介のほうが高いはずなのに、利沙と正対すると、ピラミッドの頂点に座った女王から見下げられるような感覚に陥る。

「違うんだ。これは……うう」

十代の頃から屋敷に住まわせてもらうかわりに、舐め犬の役を引き受けたんだ、などと告白はできない。

男のプライドなどと高尚な理由ではない。

もし華江の性道具に堕ちていると利沙が知れば、きっとそれを母に詰問し、怒った未亡人は自分をひどくいじめ抜くだろう。そしてさんざん男の機能を痛めつけてから、天涯孤独、住み処(か)も貯(たくわ)えもないまま追い出してしまうはずだ。

奴隷の感覚が染みついた恭介は、すでに華江に依存するだけの生物に成り下がっていた。

「なにが違うのよ。パンツ一枚で、ママの寝室からこそこそ現れて……情けない」

利沙の唇が震えていた。怒っているのは、母との関係だろうか。なにか言いかけては、何度も口を閉じた。

肌を焼くような視線が降りていき、ボクサーブリーフの頂点で止まった。

中途半端な刺激で勃起したまま、コンドームをかぶったペニスをしまってある。安物のグレーの生地に、熟女の花蜜をインクがわりに、むっくりとふくらんだ牡肉のかたちがくっきりと浮かんでいる。

「……汚い」

おぞましい勃起プリントを一瞥して、利沙が頬をひくつかせる。

「これは……華江様の……命令で……」

「ママに命令されればなんだってするの。あんたはペット？　ロボット？」

ややブラウンがかったストレートヘアを左手でかきあげる。

絹の手袋をしたかのような、白くしなやかな薬指に、プラチナのリングが輝いていた。一年前に外務省のエリートと見合い結婚をした彼女が送るはずの、順風満帆な人生を象徴している。

「昔は……もっとしっかりしてたじゃない」

はあぁ……とため息をつかれる。だが昔と言われても、年齢が同じなだけで、接点は少ない。利沙は屋敷のお嬢様で、恭介はいちばん末端の使用人の息子だ。

「昔だって、僕は……しっかりなんかできなくて」

同じ歳ではあったが、いっしょにいたのは小学校まで。利沙は令嬢、令息ばかりが通う名門私立中学校に進み、恭介は過疎化が進む地元の、古い公立中学に進み、そして勉強もできないまま、最低ランクの高校を中退してしまったのだ。

（それに……僕が小学校で勉強すらできなくなったのは、利沙のせいじゃないか）

小学六年生で、恭介の人生は大きく変わった。友人はいなくなり、教師からは蔑まれ、居場所がなくなったのだ。

「同級生がママの愛人だなんて、最悪だわ」

「ううっ、そんな……華江様の言いつけを守っているだけで……」

言い訳すら力がない。しかしもっと情けないのは、中途半端な抽送の余韻で、いまだに下着の中で勃起がずきんずきんと脈打っていることだ。

「さっきは……ママとなにをしてたの」

「な、なにって……」

「キス……じゃないわね。ママはあんたみたいなクズにキスはさせない。おっぱいでもしゃぶってあげたのかしら」

冷酷な尋問がはじまった。

「ううっ、それは……華江様に許されていません」

恭介が華江に触れていい場所は性器と肛門だけ。それも舌と唇、そしてペニスだけで、指を挿入するのもご法度だ。

「じゃあ、どうしてあんたの顔からママと同じお風呂の匂いがするのよ……あっ」

自分で詰問しておきながら、恭介がどんな奉仕を実母にしていたのか、思い当たったようだ。

「ママのあそこに……あんたの顔が」

新妻なのだから、男女の行為はもちろん知っているだろう。

「いや……最低。もう、話すのも気持ち悪いわ。こっちに来て」

利沙がぐいと髪を引っぱって、恭介を今は使われていない子供部屋にたたきこんだ。

「……わかるかしら、あたしがこれから、なにをさせたいか」

「えっ」

利沙が高校に進学してからは亡父の書斎だった一階の広い部屋を使うようになったから、この部屋は十年ほど、ほぼ開かずの間だ。

メルヘンチックな星空の壁紙に、棚に並んだオルゴールや楽譜。そして白木のシングルベッドが置かれている。昔のままのマットレスだけで布団は敷かれていない。

「もう……歯がゆいっ。ママにしたことを、あたしに教えなさいってこと」

利沙が半裸の恭介を突き飛ばす。

「うわっ……？」

不意をつかれて、狭いベッドに倒れてしまった。

ぼすんという大きな音といっしょに、古いマットレスから細かい埃が舞いあがって窓からさす陽にきらきらと光り、かすかに残っている少女時代の利沙の、甘くて香ばしい匂いが恭介を包む。

「ママに無理やりされたって言い訳していたくせに、ずっと下着をふくらませて……信じられない」

ふわりと軽いワンピースの裾が持ちあがる。

仰向けに寝た恭介を跨いで直立した利沙が、汚物を見る目を恭介に向ける。

「あんたにプライドってないの？　はるか歳上の女性から飼われて、いいようにおもちゃにされて。その娘に現場を見つかったのよ。まるでダメ人間じゃない」

腕を伸ばし、人さし指をつきつけながら罵倒してくる。

「変態。負け犬の臭(にお)いがきつくて、頭が痛くなりそう」

「うう……」

普通の成人男性なら情けなくて涙ぐんでしまいそうな場面だ。

「ダメ男。子供の頃からそうだったわよね。お漏らし恭介くん？」

「う……くうっ、それは……言わないで……」

恭介の頭の中がまっ白になる。「お漏らし恭介」とは小学校の最高学年で、恭介につけられた屈辱的なあだ名だ。

学校の女子トイレで小水を漏らしたというエピソードとあだ名がクラス、学年、そして全校から近所へとひろまっていくうち、恭介は自信もプライドもなくした。

中学生になっても誰とも口をきいてもらえないまま、ついには華江の奴隷に堕ちるしかなかったのだ。

「ほら、なんとか言いなさいよ。言い訳でも、弁解でも……」

だが何年も性奴隷として理不尽な奉仕を要求された結果、恭介は華江に限らず、他人に逆らうことができないほどに調教されてしまった。

「ほんと……最低。頭にくるっ」

利沙が片足を持ちあげた。

恭介を跨いだまま、片足立ちでターンする。

「はううっ」

裸足が恭介の下着を滑り、一瞬だけ勃起肉に触れたのだ。

生地とラテックス越しの刺激だが、恭介を呻かせるには十分な快感だった。

「情けない声……」

気をつけの姿勢で横たわった恭介を跨いで背を向けると、少しずつ利沙は脚を開いていく。彼女の視線の先には、母の花蜜に覆われたまま下着に押しこまれた牡肉があるはずだ。

（ああっ、膝が、太ももが……ああっ、もう少しでパンツが見えるっ）

ふだん見慣れた熟女の下半身とはまるで違う。

きゅっと引きしまった二十代の脚が、男の視線を誘導するように、ゆっくりと開いていく。

ワンピースの中にこもっていた湿気が、ゆっくりと降りてくる。

4

華江とは違う洋菓子店のような甘い香りを、胸いっぱいに吸いこんでしまった。

「思い出すよね……小学校の頃」

利沙が膝を曲げ、腰を落としてくる。

恭介の視界を、ふわりとひろがるワンピースが覆った。

（ううっ、いやな記憶は封印していたのに）

小学校の最終学年。つまり利沙と最後に同じ学校に通っていた頃、同じアングルを見せつけられたことがある。

（あのときはもっと痩せっぽちで……ミニスカートだった。それにパンツは面積の大きいコットンの白で、ピンクのハートが散りばめられていて）

今でもはっきりと思い出せる。

恭介にとって最初の性の目覚めだった。縄跳びや体育の着替え、いくらでも同じクラスの女子児童の下着を見る機会はあったが、性的な興奮を得たのは利沙のパンツがはじめてだった。

まっ白なコットンの、柔らかそうなふくらみに、瞬きすることすらできなかった。

けれどその記憶は同時に、とても苦い思い出につながっていた。

（あのパンツを見たせいで……「お漏らし恭介」なんてあだ名で呼ばれて、小学校も中学校も……地獄になったんだ）

当時は女児の下着の中になにがあるのか、まったく知らなかった。

（このパンティの中に、利沙の秘密の場所があるなんて）

十五年ぶりに見た利沙の下半身は、子供の頃とはまるで違っていた。

太ももに挟まれた二枚の三角はとても小さい、目の覚めるような水色だった。滑らかな素材が、暗い裾の中でもきらきらと光っている。

(子供の頃は、こんなにエッチな肌をしていなかった)

小ぶりな尻肉がぷりりと三角からはみ出している。その奥には、若い女の秘境があるのだ。

「ふうん。大きくなった。なによ。ママじゃなくても興奮するんじゃない」

ワンピース越しに利沙の嘲り(あざけ)が聞こえた。

「う……うう」

ついに恭介の鼻先に、利沙のショーツが触れた。

(ああ、頭がおかしくなりそうだ。利沙の……オマ×コがこの中にっ)

混乱して言葉を発することもできない。

街を歩くだけで男たちが振り返るような若妻が、毛嫌いしているはずの男の顔に跨って、下着を当ててくるのだ。

和式便器に座る姿勢で、人妻はいちばん秘密にすべき場所を、幼なじみのいじめられっ子の鼻に擦り合わせる。

ショーツの内側が熱い。

（これが利沙のあそこの匂い……ああ、甘酸っぱくて、香ばしくて……いつまでも嗅いでいたい）

思わず鼻をクロッチに埋めてしまった。

「はああ……いやだ。犬みたいに鼻を押しつけないで」

本気でいやなら腰をあげればよい。だが利沙は恭介のせいだと言いながら、腰をくいくいと振っているのだ。

（嘘だろ。利沙が僕の顔にパンティを押しつけてる。でも……どうしてなんだ）

普通の男ならただ夢中になってしまうだろうが、同じ敷地に、同じ年齢で生まれたものの、まったく境遇の異なる利沙が、自分のことを男として意識するはずがない。

ワンピースの裾に遮られて、利沙の表情など窺うことはできない。

「最低だわ。最低よ……あたしの下着をくんくん嗅いで、舌まで出して。はああっ」

利沙は細い腰をひねりながら、少しずつ体重を落としてくる。

（僕は舌なんか出していないのに）

下着一枚を隔てて、女の粘膜と男の顔面が擦れる。

くちゅり。

恭介の鼻に、体温よりも熱いほとばしりが走った。

クロッチがずれて、ナマの陰唇が露になったのだ。

「ああっ、変態っ。お口で下着を脱がすなんて」

利沙はあくまで、この異常な顔面騎乗を、恭介に強いられていると言いたげだ。

だが腰をしなやかに振って、恭介の鼻を使うと下着をずらして桃色の粘膜口をさらしたのは当の利沙だ。

(これが……利沙のオマ×コなのか。華江様とはまるで違う)

新婚令嬢の肉襞はとても繊細な細工が施されていた。

暗いスカートの中、おまけに顔面に体重をかけられているから、全体のかたちは見えない。だが陰唇は薄く、皺もないのは唇の感触でわかる。鶏冠のような華江の陰唇と同じ部位だとは思えない。

オブラートのように、舐めただけで溶けてしまいそうだ。

青草のような香りの新鮮な花蜜がとろとろと滲んできた。

「は……ああっ、なによ……夢中になって。ぺろぺろしすぎだわ。どう、どうなのっ。ママよりも……きれい？」

ぷくりととがった粘膜の粒が唇に触れる。刺激を求めたクリトリスが充血して包皮を脱いだのだ。生々しい牝の匂いが恭介の鼻腔を直撃した。

「うっ、うう……うう」

質問されても、顔に体重をかけられているから言葉を発することなどできない。呼吸をしようと口をひろげても陰裂で覆われて、若い膣道にこもった湿気を吸うことしかできない。

「ふふ。うれしいのね。お腹がへった犬みたいにがっつきすぎ。ママみたいなおばさんより、あたしみたいな若い女の身体が欲しいんでしょう」

びくり、びくりと全身を震わせる恭介が、喜んでいると考えているらしい。

実際にはまるで逆だ。

スリムな利沙だが、全体重が顔にかかればつらい。

柔らかな牝肉が鼻を包み、その奥に隠れた泉からは、華江とは比べ物にならないほど大量の花蜜が垂れ落ちてくる。

唇を大きく開いても、内ももの滑らかな絹肌は発情の露と汗で湿り、濡れ半紙をかぶせられたように呼吸が苦しい。

「う……ううううっ」

本気で息ができなくなった。

「なによ。エッチな声を出して。あたしのここに……そんなにキスがしたいのかしら。

はあぅ」

　まるで膣肉に鼻翼を挿入させようと言わんばかりに、騎乗の圧力は高まっていく。

「……変態。うちの彼みたいにプライドのある男だったら絶対にしないわよね。女の人の下着を味わうなんて」

　新婚の利沙は夫を「彼」と呼ぶ。まだ恋人気分なのだ。仲だって悪くないだろう。

「はん……あっ、いやだ。鼻が……食いこむぅ」

　だが若妻は圧倒的に立場の弱い恭介の顔面に、下着の中で蒸らされた、柔らかく、生々しい酸味をたたえた陰唇を擦りつけて喜んでいる。

「ねえ、情けなくないの？　男のくせに。旦那さんのいる女のあそこに顔を突っこんで……ああん、勃起までして」

　仰向けの恭介の顔に跨った利沙の興味は、実母の愛液にまみれたまま、恨みがましく先走りの露を垂らしている肉茎に向いたようだ。

「あはは。カッチカチね。でもママの中に入った、負け犬おチ×チンなんて、絶対に触ってなんかあげない」

　勝ち誇ったように宣言しながら、利沙はぐいぐいと腰をまわす。

　男の顔を使った自慰に夢中で、性器の下敷になった恭介の苦しさなど気にもとめていないのだ。

「んんっ、ううう」

呻き声すら利沙には刺激になるようだ。

「んくっ、うう……つらい。苦しいですぅ」

膣道を満たした空気が恭介の肺と往復するだけで酸素が足りない。頭の中がぼやけていく。

「あはあ……なにかしら。もっと奥まで味わいたいなんて、変態ね」

利沙は腰をまわし、恭介の鼻を尾骶骨に沿わせる。

「むうふぅ、むうう」

陰裂の底にある、こりっとした、小さな噴火口にキスを強要される。

きゅっと締まる小孔をぐいぐいと押しつけて、排泄器官への舌奉仕を強要される。

ボディソープの香りしか感じられないとはいえ、そこは利沙にとって、いちばん恥ずかしい場所のはずだ。

だが母と同様に、利沙のアヌスは性感帯のひとつらしい。

「あはあ……お尻まで舐めたいの。最悪。最低……ああんっ」

舐めたいのかという問いはつまり、舌を出せという命令だ。

「う……あうう」

鼻を尻の谷間に塞がれ、呼吸もままならないまま、それでも恭介は必死で舌をとがらせる。

「ああん……くすぐったくて気持ちいい……っ」

清楚なお嬢様から幸せいっぱいの新妻へと羽化したばかりの利沙が、顔の上で尻をまわしてため息を漏らした。

放射状の皺が伸縮して、男の舌が与えてくれる快感を貪っている。

「いいっ……素敵よ。いいわ。変態のクズのベロが、とっても……いいっ」

恍惚(こうこつ)とした表情が目に浮かぶようだ。

「もっと……もっとよっ」

まるい尻肉が恭介の額に乗り、ついには首を動かすこともできなくなった。

「あ……う……え」

柔らかなヒップに塞がれて瞼(まぶた)が開かないのに、視界がまっ赤に染まっていく。

胸が上下しても、なにも入ってこない。まるで夜の海に突き落とされたようだ。

(だめだ。息ができない。なにも動けない。寒い)

「あ……んんっ、恭介ったら、もっと……欲しいのね。食いしん坊の……犬っ」

ボクサーブリーフの中が痺れ、じんわりと温かい液体で汚れていく。

そして視界が赤から黒へ、やがて色を失っていく。

(ああ……このまま死ぬのか。自分のことを好きでもない利沙に、わけもわからないまま跨られて窒息するなんて……最悪の人生だ)

灰色の世界に、恭介は頭から吸いこまれていった。

第二章　やりなおし六年生――女子からの性的いじめ

1

「起立」

すんだ声が響く。

「気をつけ」

（誰の声だ。どうなってるんだ）

周囲でたくさんの影が揺れている。

ガタタッという木の椅子が動く音が響く。

恭介の身体が、意識していないのに反応して立ちあがった。

「さようなら」

聞いたことのない少女の声が、恭介のいる空間の端から聞こえた。そして、周囲を囲んだ子供たちの輪郭がはっきりとしてくる。

「さようなら」

癪(しゃく)に障るほど甲高い声が何十も重なった。

そして恭介自身も、まるで予定していた行動のように「さようなら」と声を合わせていたのだ。

(僕は今……どこにいるんだ。教室……学校の教室?)

身体の感覚がおかしい。やたらと軽くて、ふわふわしている。重力が小さくなってしまったかのようだ。

「ではみんな、寄り道せずに帰るんだぞ」

中年の男性が教卓に置いた出席簿を取りあげると、サンダルをぺたぺたと鳴らして教室のドアから出ていった。

まるめた背中に見覚えがある。小学校時代の教師だ。名前はもう思い出せない。

「おい、恭介、どうしたんだよ」

隣に立っていた少年が声をひそめる。

「ぼーっとしてると、また女子軍団に目をつけられるぞ」

ごく短く刈った坊主頭に、まっ黒に日焼けした少年だ。

「俺が朝、今日は早く帰れって言っただろ？」

（野球部だったユウジか……）

恭介の記憶の深い階層に、見覚えがあった。

小学校の頃に、ずっと仲がよかった近所の少年だ。だが中学に進んでから、ユウジもまた、恭介とは口をきこうともしなくなる。

（なんだ、これ……小学校時代の記憶、そのままの夢か）

目の前にあるのはニス塗りの学校机だ。

その上には国語の教科書が開きっぱなしで置いてある。小学校の最上級生向けで、四隅は削れて使いこまれている。

教科書に手を伸ばして驚いた。手がやけに白くて、指もつるりとしている。爪も、まるで少女のようにピンク色で輝いている。そしてなにより、自分の手とは思えないほど小さいのだ。

（なんていやな時代の夢だ）

夢中夢、または明晰夢とも呼ばれる。眠っている本人が夢だと認識できる夢だ。眠りが浅い恭介にはよくあることだった。

しかも、夢のくせに細部がはっきりしている。視覚だけではない。シャープペンシルや鉛筆の金属臭や、土にも似た書道の墨汁、そして仔犬みたいな、思春期にさしかかった児童たちの匂いが教室の空気を満たしている。

自分の腕を見ると、やけに細くて華奢だ。半袖のTシャツは、十五年前に恭介が気に入っていた、格闘ゲームのロゴがプリントされたものだ。

デニムの半ズボンからは、痩せっぽちでつるりとした脚が伸び、その先は薄汚れてゴムが伸びた白ソックスと、もっと汚れた上履きだ。父が油性ペンで書いた「大沢」という下手な文字が懐かしい。

(服の柄なんて、憶えてもいなかったけどな)

人間の記憶とは不思議なものだ。

(悪夢だな。人生最悪の時代が、こんなに細かく再現されるなんて)

「やばいよ。目立ってる。軍団四人に見られてるぞ、おまえ」

立ちつくして反応しない恭介の肩を、ユウジがとんとたたいた。その視線の先は、教室の対角線上の机に向かっている。

小学校六年生のとき、恭介の運命は大きく変わった。

その原因を作った、まさにその本人がいた。

（あれは……利沙じゃないか）

先ほどまで恭介に強制クンニをさせていた瑞月家の若妻が、恭介の前にあるのと同じ学校の机に、不機嫌そうに頬杖をついている。

その姿は、二十七歳の利沙とはまったく違う。

（そうだ。小学校のときの利沙だ。今とは髪も顔も違ったんだ）

艶やかな黒髪のツインテールに、垂らした前髪からのぞく、やや太めの生意気そうな眉。顔の輪郭は幼さを残してまるく、ぷっくりとした唇はへの字になっている。肌質もまったく違う。大人の利沙はきめ細やかな肌を自慢にしているが、視線の先に座った小学生の利沙は、生クリームのようにしっとりとして、肌が一枚の透明な膜に覆われているようだ。

（この頃から、利沙は学校外でも有名なクール系美少女だったもんな）

エキゾチックで大人びた十二歳は、街を歩けば芸能プロダクションにスカウトされ、高名な画家からモデルの依頼もあったという。だが、そのすべてを母の華江が断ったと聞いた。

夢だから当時の本人より美化されているのかもしれない。だが夢の中でいくらでも美化できるはずなのに、利沙の表情には少しの親しみも感じられない。

座っている利沙を囲むように、三人の女子が立っている。大柄で髪を短くカットした、男子のような短髪で大柄な春海(はるみ)、流行遅れのおかっぱに、キツネのような顔で意地悪そうな夏子(なつこ)、そしてホラー映画に出てくるアンティークの人形を思わせるマリアはいつも利沙の取り巻きだった。

女子の中で最も権力がある、利沙を頂点にした四人は、クラスメイトから密(ひそ)かに「軍団」と呼ばれていた。

(あの四人が中心になったいじめが続いて……卒業して別の中学に進んでも噂がひろまって、僕はいじめの対象になるんだ)

苦々しい記憶が蘇ってくる。夢のはずなのに、胃がきゅっと締めつけられる。

キツネ顔の夏子が、恭介を睨んだ。

「ちょっと、恭介、さっきから利沙が呼んでるんだけど」

「えっ」

傍観者か観客の気分だった恭介に、女子四人の視線が突き刺さっていた。

「ああ……だから早く帰ればよかったのに」

ユウジがため息をついて、自分だけさっさと帰り支度をはじめる。トラブルに巻きこまれるのはごめんだと言いたげだ。

（このいやな雰囲気……思い出せるぞ）

今の季節は初夏のはずだ。少年に戻った恭介も、半袖シャツを着ている。それなのに背中が氷に当たったように冷えた。

（僕の最悪の一日、そのままだ）

丸刈りの友人の態度、利沙を囲んだ取り巻きの女子軍団、そして夏の教室。すべて、恭介の人生が暗転した日がそのまま再現されているのだ。

（十五年前のあの日、利沙たちに呼び出されて、囲まれて……）

「ムカつく！」

利沙の声が命令だった。

その声は恭介が知っているよりもずっと幼く、甲高かった。

授業が終わってざわついていたクラスが一瞬で静かになる。

利沙の一挙手一投足に、同級生たちがびくついているのだ。

「聞こえてないの？　それとも、あたしを無視してる？」

硬直したまま動けない恭介に業を煮やしたように、利沙が並んだ机の間を進んでくる。その後ろを三人の女子が続く。女王様の行列だ。

「ねえ、恭介、あんた本気でムカつくんだけど」

女王様に見下される。

(そうだった。小学校時代はずっと背も小さいほうだった)

思春期までは女子児童のほうが平均身長が高い。

利沙たちの軍団も、全員が当時の自分より大きかった。

八つの冷酷な瞳に焼かれる恭介に味方してくれるクラスメイトは誰もいない。それどころか、男子も女子も顔を伏せてそそくさと教室を出ていくのだ。

「無視とか、恭介のくせに生意気だね」

「どうする。利沙が決めて。こいつ、ビンタの刑にする？」

「汚いランドセル、給食ゴミに突っこんでみようか」

三人の取り巻きが利沙を煽る。

「あ……うう」

恭介はなにも言い出せない。夢の中だとわかっているのに、涙がこぼれそうだ。

「いいわ。今日はもっと素敵なことをしてもらうんだから」

利沙が手首をぎゅっと握ってきた。手がやけに冷たくて骨まで痺れる。

「来なさいよ」

恭介は教室から引きずり出される。

背中に、教室に残った児童たちの憐れみの視線を感じた。

(ああ、記憶のとおりだ。次は女子トイレに連行される)

悲しい思い出が蘇る。

これから恭介は女子トイレで軍団に取り囲まれ、半ズボンとブリーフを無理やり下ろされるのだ。

下からパンツをのぞいたと言いがかりをつけられて床に転がされ、当時の自分には意味がわからなかった行為を強要されたあげく、四人の前でしゃがんで小水を漏らしてしまう。

泣きべそをかき、縮こまったペニスから尿を垂らす姿を利沙がPHSで撮影し、画像を学年中にひろめられて「お漏らし恭介」というあだ名をひろめられるのだ。

(いやだ。いやだ……ううっ、どうしてこんな最悪の日が再現されちゃうんだ)

自分の意志では夢をコントロールできない。

あきらめた恭介は、長い廊下をとぼとぼと進む。

大柄で男子みたいな春海が前にまわり、恭介の顔を不審そうにのぞく。

「今日の恭介、おかしなくらい素直じゃない？　いつも反抗するのに」

その言葉に、恭介の足が止まる。

(そういえば……僕がいつもやられっぱなしだから、いじめがエスカレートしていったんだ)

体格にまさる四人の女子に逆らえず、同級生と教員に味方もいないまま、いじめられつづけるのだ。

十二歳の自分は憔悴(しょうすい)しきって、軍団に抗うとはいっても、せいぜい無言で腕を振りほどき、終業チャイムを待たずに教室を飛び出す程度だった。

(ものは試しだ。どうせ夢なんだ)

利沙に引っぱられるのではなく、自ら足を進める。

(……夢の中だから、自由に動けるのか)

「えっ、なに、あんた……」

女子軍団のリーダーが驚いている。

玩具がわりのいじめられっ子が、怯(おび)えもせずに廊下を進みはじめたのだ。

(どうせ夢なら、現実にはできなかったことを存分にやれる)

「目的地は……女子トイレなんでしょう?」

「なに、こいつ……気持ち悪い」

恭介の言葉に、夏子が目をまるくする。

「ど、どうせ……適当に言っただけでしょう?」

巻毛をいじりながら、マリアは唇をとがらせる。

「……わかってるなら、さっさと入りなさいよ」

廊下の端にある女子トイレが無人なのを確認した春海が強がった。

(やっぱりだ。自由に動ける。まぼろしでも嘘でも面白い)

自分の最悪の思い出を、夢の中だけでは改変できる。

恭介から怯えが消えた。

2

「ねえ、恭介。昨日……女子だけの授業があったの」

個室の扉が並んでいる。学校三階の奥にある女子トイレだ。

放課後は、利沙が率いる四人の軍団が、同性だけでなく男子も呼び出す、子供にとっては暗黒の、不公平な裁判所だ。

個室の扉はピンクで、半開きになった隙間から、子供用の和式便器がのぞいている。

まだ便器の外に尿をこぼしたり、授業中にトイレに行くと先生に伝えるのが恥ずかしくて、パンツに漏らしてしまったりする少女もいるのだろう。新鮮な尿臭がたちこめている。

まだ女としての生殖機能が備わっていない年齢の少女の尿臭は、決してきついものではなく、むしろ生々しく恭介を刺激する。

「生理のこととか……赤ちゃんができるまでの身体の変化とかね」

キツネ顔の夏子が、いやらしいにやにや笑いを浮かべる。

「男子の……第二次性徴のことも習ったんだよ」

マリアの視線が、恭介の半ズボンに向かっている。

「だから、あんたに……教材になってほしいんだ」

春海が恭介の背後に立つ。男勝りの少女だが、成長が早い。発達した乳房が恭介の肩胛骨に当たった。大人の女なら、異性に胸のふくらみを押しつけるなどむしろ恥ずかしがるはずだが、男が乳房に抱く性欲を理解していないのだろう。

そして、利沙が正面に立つ。

「あたしたちの前で、精子っていうの、出してみてよ。射精っていうんだよね」

(やっぱり、記憶どおりだ)

昔の恭介はまだ精通を経験していなかった。だから射精しろと命じられても、意味がわからずに混乱したのだ。

(まだ朝勃ちしても困っていただけの頃だからな)

「みんなで脱がせちゃって」

残酷な命令も、恭介の記憶どおりだった。

「動くなよ。逆らったらひどいんだから」

背後から春海が半ズボンに手をまわす。

立っている恭介はされるがままだ。

記憶にある自分は最後までいやだと騒いで暴れたが、結局は春海に足払いをかけられ、夏子に平手打ちされるのだ。そして半ズボンのボタンが飛び、ブリーフがくたくたに伸びるほど、マリアに引っぱられた。

そして脱がされた恥ずかしさよりも恐怖と痛みで、性器に力をこめただけで尿を漏らしてしまったのだ。

だが今は、そんな反抗すらしない。

自由に振る舞えるのなら、いっそのこと爆発してみたい。当時の自分ができなかった大胆な行為で。

（見せてやろうじゃないか）

また「お漏らし恭介」の記憶を追体験するなどばからしい。

「そら、裸だ」

背後の春海が、一気に白ブリーフを引き下ろした。

ぺろんっと十二歳の子供性器が露になる。

「あっ……」

「きゃっ、揺れてる」

「…………」

マリアと夏子、そして利沙の視線が、恭介の下半身に向いた。

昔は、剝かれたものを手で隠して前かがみになった。

今回は違う。

「さあ、これがチ×チンだよ」

男子児童が使いそうなかわいらしい隠語で呼び、ぐいと誇らしげに少年のシンボルを突き出した。

まだ幼い、柔らかな肌に陰毛はない。水泳パンツのかたちに日焼け跡がついた下半身に、タケノコのような幼茎が生えている。先端で包皮がくしゃっと咲いているだけで、男らしい亀頭はまったく見えていない。

「うわあ……弟のより大きい」

ブリーフを脱がした春海は、恭介の下半身の脇からのぞくようにしゃがんでいる。

大柄なスポーツ少女には似つかわしくない、甘い吐息が幼茎にかかった。

「うっ」

しっとりと熱い湿気が、敏感な子供性器を包む。

「これが……男の……」

高慢な美少女の利沙が目をまるくしている。

長いまつ毛が反り返る。はじめて男の性器を目の当たりにしたのだろうか。

興奮と驚きで、鼻の頭が赤くなって光る。

咲きかけのバラの蕾のような唇が半開きになって、真珠色の歯が、美少女の唾液できらきらと輝く。前歯の滑らかなエナメル質は、二十七歳になった利沙がコレクションしている、ドイツの高価な磁器を思わせる。

(やっぱり、利沙は子供の頃から恐ろしくきれいだったんだ)

四人の女子に囲まれているのに、利沙にだけスポットライトが当たっているようで、他の三人の姿はぼやけている。

「なによ、これ……こんなのが、女の人にくっつくなんて」

大人びた表情と幼い体形が同居する、幼女と娘の間、ほんの一瞬の少女として輝く時期の魅力が、恭介の、子供の身体に宿った大人の性欲を熱くしていく。

二十七歳の記憶を隠した恭介は、特にロリータ好きではないと自覚している。けれど、少女時代の利沙は別格だ。

「おしっこも、このくしゅくしゅした皮の中から出てくるのね。きったない……」

（い、いやらしい視線で、僕のチ×チンを眺めてるっ）

「ううっ……そんなにまっすぐ見ないで……」

「いやよ。あたし……あんたが精子をぴゅって漏らすとこ、見たいんだから」

黒髪のツインテールがふわりと揺れる。

成長期の首は極端に細く、一輪挿しのようにすっきりしている。

わずかにふくらんだ胸をぴったりと覆う黒いTシャツ。プリントされたかわいらしいハートと、子供用だとはいえ過激な短さのミニスカートは、ドキリとするほど鮮やかなピンクで統一している。母親の華江がコーディネートしたのだろう。

「あっ、ぴくんって動いた。キモい……ああっ、キモいよぉ……」

半開きの口からとがった舌が現れて、さくらんぼ色のぷっくりとした唇を舐めた。

（たまらない。十五年後には、あの唇が旦那のチ×チンを舐めて、とろとろの涎を垂らすんだな）

少年の下腹の筋肉が引きつったように硬く、痛くなる。

大人になってからの勃起感とはまるで違う。全身の血液が吸い出されるようだ。膀胱の裏側がふくらんで、尻肉が緊張する。

（くうっ、チ×ポが……熱いっ）

精通の予感に顔が火照る。

「変なの……さっきは下を向いてたのに、ぐいんってふくらんでる。怖い……」

利沙のスカートの裾から伸びた脚は膝がまるっこく、ふくらはぎのふくらみの抑揚が足りない。大人の女とは違う、骨の成長にまだ筋肉が追いつかない少女の脚だ。

女の媚をまだ知らない下半身が恭介の目を引きつけて逃さない。

「はああ……利沙……ああ」

はっ、はっと息が荒くなるのを止められない。むくりと無毛ペニスに力がみなぎり、充血でふくらんだ童貞亀頭が、柔軟な包皮を押しのけてふくらんでいく。

「あ……あっ、奥から……なんか変なピンク色が顔を出してる……」

「ああ……それが亀頭。精液……利沙が知りたがってる、精子が出る場所だよ」

くるぶしまでの短いソックスと、きれいに洗われた白い上履きを履いた小さな足は内側を向いて、落ち着かないように足踏みしている。

下着を脱いだ直後は驚いたように瞬きをしていた利沙が、今はいっさいの濁りもないまっ白な白目を剝いて、男性器に夢中になっている。

「この、先っちょから……精子……見たい。早く」

どんなにクラスの女王ぶって男子をからかおうとも、はじめて見る勃起の過程は少女にとってグロテスクな、しかしとてつもない好奇心をそそられるものだろう。

ついに幼茎は完全勃起した。

大人の男とはまったく違う。つるつるの無毛の下半身から、血管がうっすらと浮いたウインナーソーセージがにょきんと勃（た）っているだけだ。その根本には、かわいらしい子供睾丸が柔らかな薄紫の袋に守られている。

（この頃の僕は、射精なんて経験がなかったけれど……）

だが直角近くまで上向いた勃起の先端は、蛇の頭のように包皮をふくらませ、もう子供を作ることも可能だと懸命に主張している。

「いいよ。見せてあげる。もっと、近くにきて」

利沙が手を伸ばせば届く位置にまで寄ってきた。

恭介よりも十センチほど背が高い。

十代の後半まで、利沙の身長を追い抜くことはできなかったし、成績にいたっては近づくこともできなかった。そのコンプレックスが、同じ敷地に住まわせてもらっている恭介を、延々と卑屈にさせてきたのだ。

(せめて夢の中では、思いっきりはじけてやる)

勃起肉をぎゅっと握る。

「う……っ」

思わず声が漏れるほどの、未経験の快感が走った。

(すごい。ビリビリするくらい気持ちいいぞ)

子供の身体は恐ろしく敏感なのだ。

「なにをやってるのよ」

利沙が眉をひそめる。

「くうっ、こうやって握って……動かすと、先っちょから精子が出るから」

未精通の柔らかい幼茎を軽く握っただけで声が上ずり、包皮からわずかに顔を出した、淡ピンクの亀頭に刻まれたちび穴から、とろりと透明な露が漏れた。

「……それが精子なの?」

先走りとは思えないほど、大量の幼汁だ。

「ち、違うよ。あううっ、精子はもっと白くて、ねっとりしていて」

無毛のタケノコ性器を握っただけで腰が軽くなり、尻の谷が開いてしまう。

早漏を表す「三こすり半」が、冗談ではなく、本当になってしまいそうだ。

(なんだ。チ×ポが熱くて……キンタマが沸騰してるっ)

包皮からこぼれた先走りが垂れて指を濡らす。

「……先っぽがクチュクチュいってる。おしっこを漏らすんじゃないの」

利沙があきれたような口調で腕を組んでいる。

「あ……くうっ、もうすぐ……出るっ。あうっ、あう」

「ちょっと、手で隠れて見えないんだけど」

正面に立つ利沙が顔をまっ赤にして、手淫を見守る。

「だめだよぅ。手で握って動かさないと、精子……出ないっ」

「情けない声。ばかみたい。チ×チン握って泣きそうになってる。ほんと、恭介って男らしくないね」

背の高い利沙からの、侮蔑の視線すら快感を倍増させる刺激になる。

けれど、このまま射精しては面白くない。いつ夢から覚めても悔いが残らないように、過去にはできなかったことを試してみるべきだ。

「あっ、ああ……しゃがんでくれたら、もっと……よく見えるから」

恭介の言葉に利沙は一瞬、口をへの字にした。

クラスの男子を全員下に見ている利沙にとって、男の前に座るのは自分が負けた気分になるのだろう。

「うう。もう……出る。精子が出ちゃうよう。一度出たら……しばらくは出せないんだっ」

射精しそうだと煽ると好奇心が勝ったようだ。利沙はゆっくりとしゃがむ。

細くて皺ひとつない、セルロイドの人形のような腿が開く。

腿の半ばまでの、小学生らしい短いスカートがまくれる。

(うおおっ、パンツがっ)

脚の間に白い三角が見えた。コットン製の柔らかな女児下着だ。記憶にあるとおり、ピンクのハートが散らしてある。

幼女の聖域に、柔らかな二重クロッチが食いこんでいる。

その中には、十二歳の甘い性器が隠されているのだ。

「う……あっ、あああああっ」

ビリビリと脳に電気が走る。

右手できゅっ、きゅっとしごく。

包皮と亀頭の間からこぼれた先走りが、糸を引いてタイルの床に落ちる。

「ああ……すごい濡れてる。チ×チンがかわいそうなくらい濡れてるっ」

しゃがんだ利沙は目をまるくして手淫を見つめている。

半剝けの子供亀頭から学年一の美少女の黒髪が輝く頭までは三十センチほど。ちゅく、ちゅくという先走りの音が二人の間に響く。

(思いきり……射精を見せつけてやるっ)

激しいストロークだ。二度、三度の往復で亀頭が破裂しそうな快感が湧く。

尻の谷間がぱっくりと開いて、すうすうと冷たい。

「ああっ、すっごい。動かしてるぅ」

利沙が迫力の自慰に引きずられて顔を寄せてくる。

膀胱の裏側で、熱い爆発が起きた。

「あっう、あううっ、出る……精子が……出るううっ」

宣言と同時に腰を前に突き出した。

「くはああっ、出ちゃううううっ。あふううっ」

幼茎が大きく跳ね、細い尿道を奔流が駆け抜ける。

つるりとした亀頭がふくらみ、包皮からのぞく尿道口がくわっと開いた。

どっく。どっぷぅううぅっ。

白濁どころか、黄色く濁った小児精液が一気に噴出する。

（なんだ、これ……めちゃくちゃ気持ちいいぞっ）

まるで間欠泉だ。大量の牡液が放射状に飛び散る。

粘りのある初物精液の散弾が大きく弧を描くと、正面にしゃがんだ利沙に向かって降り注いだ。

「ひ……いやああああっ」

黒髪の間に隠れたつむじ。頭のよさを象徴するような、つやつやのおでこ。幼い頃から意志の強さを感じさせる眉。美少女の頭部を構成するすべての素敵なパーツを、幼い精巣から脱出のチャンスを窺っていた濃厚精液が染めていく。

「いやああっ、熱い。火傷するぅ。あああ、臭いっ。いやああ……」

顔をそむけようとしても、もう遅い。

黒曜石のように輝く、大きな瞳を覆う瞼と、ぱちぱちと利発そうに動くまつ毛、すっと通った鼻筋から控えめにふくらんだ鼻翼、そして驚いたあまり開いたままの、さくらんぼ色の上下の唇まで、こってりと精液の攻撃にさらされる。

「んあああっ、気持ちいいよう、気持ちいい……精子、もっと出るっ」

じゅくじゅくと淫らな自慰音が続く。手が止まらない。

射精というよりまるで白濁の放尿だ。

「いやあああっ、汚いっ」

黒いTシャツに白濁が飛び散る。自信たっぷりにピアノを弾く姿が似合う、小枝のように細い腕も熱い牡液まみれだ。

「んはあああっ、利沙っ、これが精液、これが精子だよっ。利沙のかわいい身体を作ったのも、ママの……華江様のオマ×コにぶちこまれた、どくどくネバネバのお父さん精液のおかげなんだよっ」

男にとって、はじめての射精である精通の強烈な快楽は、一生に一度だ。だから世の中の男は、精通の瞬間を大人になっても忘れない。

それを二度経験できるうれしさに、恭介の脳が踊っている。

「いやあっ、ああう、お口に入ったぁっ」

唇に飛んだ精液が、たらりと利沙の前歯にこびりついている。

きっと、セレブ家庭で幼い頃から美食に慣れた少女の口腔は、青魚のような生ぐささでいっぱいだろう。

「んひっ、熱い。いやああっ、苦い。気持ちわるいぃ」

利沙が精液の臭いを嗅ぐまいと口で呼吸する。だが前歯の間からちらりとのぞいたローズピンクの舌にも、遅れて発射された白濁が着弾する。

「おんあああっ、まだ……出るぅ」

右手の動きが止まっても、尿道口は開きっぱなしで、断続的に噴く幼液は利沙のミニスカートをべっとりと汚し、艶やかな腿の肌を染め、膝小僧からとろりと糸を引いて落ちると、上履きにまで染みこんでいく。

「ひーっ、ひいい……いやあああ」

ついには身体を支えることもできずに、利沙はぺたんと尻もちをつく。

柔らかな白コットンにピンクのハートを散らしたパンツがまる出しだ。

お気に入りの下着なのだろう。クロッチは生地が擦れて、わずかにグレーがかって汚れている。

「あううううっ、利沙のパンツっ、すごいよぉおっ」

ふくらみの小さなクロッチの中心に、最後の一滴を放つと、恭介の全身から力が抜けた。そのままへたへたとしゃがんでしまう。

（夢の中だと、なんでもできる。最高だ……っ）

膝に触れるタイルの冷たささえ、今の恭介には強烈な快感を与えてくれた。

3

「いや……最低。気持ち悪い……」

全身を精液まみれにされた利沙がTシャツの裾をつかみ、上履きをぱたぱたと鳴らして走り、ピンク扉の個室に飛びこんでしまった。

恭介は残る三人の軍団メンバーから冷たい視線を浴びたまま、女子トイレの湿ったタイルの床に仰向けで寝かされている。

女子軍団のリーダーに、大量の精液を振りまいた直後、背後にいたバレー部員で大柄な春海に引きずり倒されたのだ。

「おまえ、利沙になんてことをするんだよっ」

「こいつ、利沙に汚い汁をぶっかけるなんて信じらんないよ」

正面から射精を観察していた夏子は、意地悪なキツネ顔をさらに険しくすると、いきなり恭介の裸の下半身に上履きでキックをしてきた。

腰骨を思いきり蹴られ、女子トイレに恭介の呻きが響いた。

「うっ」

「利沙、こいつのこと、ボロボロにしてあげる」

夏子がくり出す上履きキック。

「あ……ぎいっ」

ゴム底が恭介の下腹に当たって痛む。小学校の最高学年では、概して女子のほうが力が強い。恭介の肌に、上履きのソールが食いこんでひりつく。

「利沙に白い変な液かけるなんて。汚いおチ×チン、最低よね？」

ハーフのマリアは巻髪を揺らして糾弾すると、寝転がった恭介の股間でだらんとうなだれた幼茎を平手でたたいた。

「あっ、ううっ」

マリアは小柄だから手も小さく、たたく力は弱い。

怒りを露に男の性器を引っぱたいても、さほど痛くはない。

「な、なによ。変な声を出して……気持ち悪い」

成人女性だったら、男の性器に触れるのはためらうだろう。

まだ性的な意味を知らない、子供っぽいマリアの柔らかい手のひらは痛みだけでない、倒錯的な興奮を呼び覚ましてくれる。

(たたかれて、けなされてるのに、なんだかドキドキする……)

精神は二十七歳の恭介は、華江に性玩具として調教されてきた。幼いマリアであっても、異性にいじめられると身体が反応してしまうのだ。

身体の芯を抜かれたような、強烈な精通の直後だというのに、じわじわと幼茎に力が戻っていく。

(十二歳の勃起力ってこんなにすごかったのか)

十代の若々しい精力に自分が驚く。

女児三人に囲まれて女子トイレの床に転がされるという情けないシーンなのに、冷えていた幼肉がむっくりと頭を起こす。

少年の反応に驚く三人の少女。その背後から、不機嫌という言葉をかたちにしたような表情で利沙が戻ってきた。

「なによ……あんた、みんなにいじめられて喜んでるの。最低……」

全身にぶちまけられた大量の精液をごしごしとハンカチで拭いたのだろう、恭介を見下す頬や鼻が赤くなっていた。

「きったない液をあたしにかけたもの。ひどい罰を受けるのよ」

黒のTシャツの胸もとには、乾いた糊のように牡液が染みついている。ピンクのミニスカートに飛び散った精液はゼリーのように固まっていた。

先ほどまで、もぎたてのイチゴのような甘い香りがしていた少女は、今は青草に似た精液の臭いに包まれて、聖域を悪魔に侵され、逃げ場を失った天使のようだ。

粘液が飛び散ったソックスは脱いで、つるつるのかわいらしい素足が直接上履きに入っている。

(利沙の足……十二歳の裸足。なんていやらしいんだ)

利沙は仰向けに寝た恭介の足下に立ち、両手を腰につけて怒りを表している。

「春海、こいつの顔をお尻でつぶして、見たり聞いたりできないようにして」

「えっ……どうしてあたしが」

少年の顔に騎乗しろと命じられた、日焼けした大柄な少女は戸惑っている。

「みんなスカートで、春海だけがズボンでしょう。早くして」

よく育ったまるい尻にぴったりしたジーンズを穿いている。

「うん……」

女王の命令は絶対だ。

短い髪で顔も男子のようだが、ランドセルを背負った姿が想像できないほど大人びた体形に育った春海が、仰向けの恭介の顔面に腰を落としてくる。

もしこれが現実で、恭介が小学生男子なら、きっと「いやだよう」と顔をそむけるのが適切だろう。けれど、夢の中で好きに振る舞えるのなら、ぷりっぷりの迫力ヒップに押しつぶされるのも一興だ。

「いやあ……恥ずかしい……ううっ、こっち、見るなよぉ……」

第二次性徴を早めに迎えた少女の下半身を真下から仰ぐ。

恭介の顔を和式便器に見立て、デニム生地の縫い目が迫ってくる。

思春期の少女の体温は高い。

(ああ……運動部の、女の子の匂いだ)

視界がジーンズで暗くなり、視覚が意味をなさなくなる。

かわりに嗅覚が刺激されていく。むわっと酸っぱい、激しい新陳代謝の匂いに、ますます幼茎は猛る。

「うっ、むうう……」

「ああん、こいつ……顔を動かして……はああっ」

春海の声が動揺している。男子のような色気のない外見だが、中身は身体が発達した少女だ。敏感なエリアに食いこんだ、恭介の顔が動くたびに悶えてしまう。

「だめよ、春海。きちっと顔を塞いで。恭介におしおきを見られないようにして」

成長期女子の汗を吸って、濃厚な匂いが染みついたジーンズが顔を完全に塞ぐ。

視界は奪われているが、聴覚は働く。

足下から衣擦れと、そして、はあ……っという息遣いが聞こえてきた。

伸ばした両脚を、利沙が跨ぐのが気配でわかった。

「いや……嘘。利沙ったら……本気？」

夏子が驚いているようだ。なにがはじまるというのだろう。

「……あたしと同じ思いをさせてやるんだから」

緊張した利沙の声。そして、数秒間の沈黙。

ごく小さな、しゃああっという清流のような音が聞こえた。

恭介のTシャツに、温かい液体が浴びせられる。

（うっ、まさか）

三人の女児が息を呑むのが気配で伝わってくる。

利沙が自分に尿を浴びせているのだ。

「はあ……あ、これが……罰、なんだからぁ……」

小水といっしょに、恍惚としたつぶやきを漏らしている。

（ああ、熱い。生々しい匂い。胸がおしっこにたたかれて……くうっ、チ×ポにまでかかる。すごい。子供の利沙が、サド女みたいなまねをするなんて）

恭介の顔に腰かけた春海と向かい合って、利沙も脚を開いて座る。恭介を便器に見立てて膝を開き、その中心から放射を浴びせているのだ。

ぷりんと育った幼茎の先端から、敏感な亀頭が顔を出した。尿道口を少女尿が直撃する。強烈な背徳感と快感に、顔面騎乗されたままの恭介は身をよじる。

「ん……ううっ」

レモンイエローのシャワーを浴びて、幼茎がぶるぶると震えた。

Tシャツはぐっしょりと濡れ、まる出しの下半身は熱く火照って、利沙の小水を浴びて倒錯した喜びを充血で示す。

（たまらない。女の子におしっこをかけられるのが、こんなに興奮するなんて）

「うわあ……こいつ、なんでチ×チンを大きくしてるのよ」

異常な尿いじめを傍観して、マリアの声が震えている。

「は……ああっ」

利沙の声に陶酔が交じっている。

水勢が弱くなっている。

（見たい。利沙がどんな顔でおしっこを浴びせているのか、見たいっ）

恭介は顔をぐいぐいと動かす。

「あひっ」

敏感な処女の溝をくすぐられて、春海が腰を浮かせた。

恭介の鼻が早熟なバレー少女の陰裂に食いこんでいたのだ。

ジーンズが離れ、新鮮な汗の匂いが遠ざかる。視界が明るくなった。

気が強くて男子みたいな春海には似合わない、羞恥でまっ赤になった顔と、潤んだ瞳がちらりと見えた。

「う……わあっ、すごい……」

正面に利沙がしゃがんでいた。

とてつもなく淫靡な眺めだ。

ピンクのミニスカートを大胆にまくり、細い脚を思いきりひろげている。

まっ白な内ももの中心に利沙が手を添えて、ごく淡い桃色の花弁を割っていた。

「あうっ、ああああ……利沙のロリマ×コっ」

思わず呻いてしまうほど、繊細で透明感のある粘膜の扉があった。

すべてのパーツが小さい。ウェディングケーキの砂糖菓子のように淡い色で、とても甘そうだ。

「はあ……あ」

ちぃいっ。

水流が奔る。

極狭の花弁の上に、裸眼では確認できないほどの針穴があり、そこから薄黄色の水流がちぃいっと放出されていた。

「あっ、いやっ。見るなっ」

恭介の視線に慌てても、小水は止まらない。

途切れがちな少女の排泄が、ぱたたっと恭介の下腹をたたいた。

「くうぅっ、おおおおうっ」

幼茎がビリビリと痺れる。

(ま、まさか……)

恭介はペニスに指一本触れてはいない。利沙もまた、男性器に肌は当てていない。それなのに利沙の幼い性器を目の当たりにしただけで幼茎は内側から破裂しそうなほどに膨張し、亀頭をぷりんと露出させたかと思うと、びくんと大きく震えた。

「ああああっ、また、イクぅうううっ」

とくっ、とくうぅん。

白濁の連射が、宙を舞った。

「出てる。出てるうぅ」

まるで鯨の潮吹きだ。

二発目とは思えない、大量の精液をしぶかせる。

「ひいいいっ、いやああっ」

離れている夏子が逃げ出す。

「あーっ、ああ、精子……っ」

マリアが驚きのあまりぺたんと尻もちをつく。キャラクター柄の女児パンツがまる見えだ。

「やめて。かかる。汚い」

恭介を拘束しておく役だった春海は、腰を浮かせていた。

逃げ遅れたのは利沙だ。

「あーっ、あっ、熱い……」

まる出しの処女の谷に、精の掃射を浴びせられて、わなわなと全身を震わせている。

「くあああっ、気持ちいい。気持ちよすぎるっ」

恭介は体温をすべて精液に変えて、白濁の粒を撒き散らす。

利沙の下半身を、牡液で染めるのだ。

無毛の丘に、とっぷ、とっぷと精液が飛ぶ。

濃い粘液が薄桃色の割れ目を伝い、麦粒ほどの包茎陰核を、小水を放って弛緩した尿道口を、そして少女の恥垢がわずかに白く残った陰唇を染めていく。

「いや……いやあああああ」

膝を開いてしゃがんだ利沙は逃げられない。

無毛の男女性器が対面して、互いに濃縮された体液を肌にかけ合う、なんとも淫らな景色が続いていった。

4

(ムカつく、ムカつく……恭介がムカつくぅっ)

利沙は唇を噛んだまま、夕陽に顔を照らされて歩く。

全身に浴びせられた精液が臭う。

最初は弱っちい男子をからかって遊ぶつもりだった。

性教育の授業で習った「射精」とか「精通」とかの単語は、とてもドキドキした。

「チ×チン……」

ひとりきりで歩く、オレンジに照らされた歩道でつい言葉にしてしまった。

顔がかあっと熱くなるのは夕陽のせいではない。

(脚の間が、スースーする……)

「あいつ……頭にくるっ」

独り言が続く。

幼い頃から、自分の家の敷地にある、小さな借家に住む親子のことは知っていた。

利沙の父の方針で、小学校までは地元の公立に通うようになったとき、はじめて借家の少年が、自分と同じ歳なのを知った。

気が弱くて背が低く、服がいつも同じで、髪は父親にバリカンで切られていた。そんな自分とは違う世界にいる少年が恭介だった。

裕福な家庭の多い地域だったから、公立小学校ではあっても、恵まれた環境の子供が多かった。利沙といつもいっしょにいる春海、夏子、マリアの三人も、それぞれ立派な家に住んでいる。他の児童も似たようなものだ。

その中で恭介だけが異質だった。けれど貧しく背も低い少年は卑屈にならず、ただやさしくて、みんなが最初は「かわいい」ともてはやしても、すぐに「臭い」「掃除が面倒」と避けるようになったウサギの世話や、トイレ掃除も買って出た。

そんな姿が、利沙にはとても気になった。

ちょっかいを出すと顔をまっ赤にして逃げる。そんな恭介をからかっているうちに、周囲の児童も彼をいじめるようになってきた。

今ではクラスに、恭介の味方はほとんどいない。

利沙にとって恭介は、自分ひとりの玩具だったはずなのに、今はクラスの大半から軽んじられている。

(なによ……エッチなことまで、逆らわずにやるなんて)

恭介に射精を強要したのは自分だ。

(あいつ……チビのくせに、チ×チンだけ大人になって。絶対まだ、射精なんてできるはずがないって思ってたのに)

服に飛び散るほどの量だとは、保健の先生は教えてくれなかった。

大量の白濁液はプールの消毒に使う塩素のようにきつい臭いで、しかも体温よりもずっと熱かった。

髪や顔についた液はトイレの個室で拭き取ったし、Tシャツとスカートを汚したぶんは、濡らしたハンカチでとんとんたたいた。

けれど、ソックスとショーツは水分を吸いやすい生地だったから、拭(ぬぐ)っても間に合わなかった。

肌に恭介の精子が触れているだけで、保健の授業で習った「受精」や「着床」してしまいそうで、トイレのゴミ箱に捨ててしまったのだ。

だから帰り道で、利沙が下半身に身につけているのはスカートとピンクのスニーカーだけなのだ。

ミニスカートの中に侵入してくる初夏の風が太ももの間をすり抜けるたびに、かたちのないオバケの手で撫でられているみたいな、いやな気持ちになって肌がざわつく。

(あんなごつごつしたチ×チンが、あたしとつながって赤ちゃんができるの? いやだよぉ……)

大人びた容姿にふさわしく、利沙は精神的にも早熟だ。

エッチな雑誌や友だちとの噂話で、愛し合う二人が結婚してからする行為は、おぼろげにわかっているつもりだ。

兄弟のいる友だちからも、男性の性器についてはなんとなく耳にしていた。父親といっしょにお風呂に入っていた低学年の頃に見た、大人の男性器を思い出すこともできる。

けれど利沙が知っている、男性のおしっこの道具ではなく、ガチガチに硬くなった、赤ちゃん作りの武器になった状態ははじめてだ。

(あんなに上を向いて、ぶるぶる震えて……白い精子をいっぱい噴き出して……)

思い出すだけで緊張と恥ずかしさに全身がもやもやする。

(なに……この感じ)

下着を穿いていない、脚のつけ根が特に熱く痺れている。

我慢していた小水を放つ寸前のような、堪えきれない圧力が、きゅっと平らな十二歳の下腹をふくらませている。

(だめ。おうちまでもたない。漏れちゃう)

利沙の通学路に面して、できたばかりの公園がある。緑が多くて老人の散策や犬の散歩ばかりが目につく公園だ。

トイレを使ったことはないが、新しいからきっと汚くはないだろう。

利沙はあたりを見まわした。

思春期がはじまりかけの少女にとって、公衆トイレに入る姿を誰かに見られるのはとても恥ずかしいのだ。

周囲に人がいないのを確かめてから公園に入る。ランドセルがぎゅっ、ぎゅっと揺れるたびに、肩の革ベルトが、今年からつけはじめたジュニアブラのカップを引っぱりあげる。

まるいトンガリ屋根の公衆トイレがあった。

気配を殺してそっとのぞくと、並んだ個室はすべて空いているようだ。いちばん奥の個室に入った。

思ったとおり、新設公園のトイレはきれいだった。それでも利沙はティッシュで便座を拭いて、慎重に座った。

「う……あん」

ミニスカートの裾をまくった。溶けかけのバタークリームのような肌色をした、下腹の緩やかな曲線に、ぴったり閉じた処女陰裂が走っている。

そっと無毛の丘に手を添えて、幼い尿道口を弛緩させる。

「えっ……あれ？」

尿意だと思っていたもやもやした感覚が続いているのに、一滴の雫も落ちないのだ。

（下半身にひろがる痺れはどんどん強くなっていく。

（なんなの。痒くて、くすぐったくて、熱くって……んんっ）

ふだんなら下着のクロッチに隠されている複雑なエリアがひくついている。

（触りたい。こんな気持ち、はじめて）

利沙はお風呂とトイレでしか亀裂に触れたことはない。

汚いというよりも、複雑なかたちとデリケートな粘膜は、まるで乾いていない傷口のようで、触れるのが怖かったのだ。

「ん……んっ」

スカートをまくったまま、ゆっくりと膝を開く。

公衆トイレの、大人用の便座は小さなお尻が落ちてしまいそうで、スニーカーを履いた足がつま先立ちになる。

乾いた外気が、湿った陰裂に忍びこむ。涼しいとも恥ずかしいとも思わなかった。

（気持ちいいっ）

自分の身体の反応に困りながらも、二本の指でVサイン。

「は……あ」

柔らかなお肉がぷりりと割れて、ゼリーのように繊細な粘膜が露になる。

怖いけれど、そっと指先で、おしっこの穴の縁に触れてみる。

「ん……んっ」

個室に甘えんぼうの声が響いた。

ピリリとした痺れが走ったのだ。針の穴のような尿道口を囲む薄桃色の粘膜は、自分の肌の中で、いちばん敏感な場所のようだった。

(あたしの身体……変だよぉ)

去年あたりから、身体つきが変わってきた。

まっ平らだった胸が腫れたようにふくらんで、紅茶のお皿みたいになった。

きゅっと締まって、徒競走でも軽く走れたお尻がふわりとマシュマロのようにまるくなって、男子よりもタイムが伸びなくなってしまった。

自分の身体が子供から女性になってきたのだと保健室の先生は教えてくれたが、心のもやもやは消えない。

常に体育では男女を合わせてクラスのトップで、背がすらりと高いのも気に入っていたのに、なんだか自分が男子の視線を集める、エッチな身体になってしまったようで、利沙はまだ混乱している。

そっと指を未踏の陰裂に沈めていく。

「はっ……あっ」

皮膚が薄い場所だった。

直接神経に触れたような、ピリッとした感覚ははじめてで、びっくりする。

指の動きは止まらない。

幼稚園に入ると同時にピアノをはじめた。

教室では県のコンクールで入賞の常連で、今では始業式や終業式で、校歌の伴奏を音楽の先生のかわりにするほどの腕前だ。

そんなしなやかで、やさしいタッチで動く指先が、とても繊細な粘膜に当たる。

「ん……ふ」

とても複雑に粘膜が重なっているようだ。

(おしっこの穴のまわりが……じくじくしてるぅ)

小水は出ないのに、ちっちゃな針穴のまわりは蜜に覆われていた。

「えっ、なに、お漏らし……？」

尿よりずっとねっとりとした、不思議な液体だった。指がぬるりと滑る。なんだかとてもいやらしい。

さっき恭介に浴びせられた熱い飛沫を思い出す、生々しい液体だった。

(精子……あれもぬるぬるしてた)

く……ちゅっ。

指を少し埋めただけで、はしたない音が個室に反響した。

「ああ……」

まだ子供なのに、映画に出てくるセクシーな女優が漏らすような大人のため息をついてしまった。

(こんな奥まで触ったことはないのに)

細い指が唇みたいな縦割れに沈む。

自分の身体なのにとても温かい。

指の根元に、小さな粒が当たった。

「ひゃんっ」

背中が反って、ツインテールがランドセルをたたいた。

(ビリッて、した……)

ふわふわの柔肉をかき分けて、おしっこの穴よりも少し上に埋まっていたとんがりを、もう一度確かめてみる。

スタッカート。ピアニシモ。早いリズムで、ごくやさしく突起をはじく。

「んんっ」

やっぱりエッチな声が出てしまった。

自分の身体のことを、利沙は知らなさすぎた。第二次性徴期の少女の、育ちはじめたクリトリスの敏感さにはじめて気づいたのだ。

(ああ……っ、ぶるぶるしちゃう)

お風呂でも「洗いすぎるとバイキンが入るからね」と母に教えられた場所だ。石けんの泡でそっと撫でた経験しかない。

尿道口の縁や、米粒ほどの陰核に残った少女の恥垢は、ヨーグルトに似ていた。

「ん……くっ、ああ」

中指が陰裂の粘膜扉に包まれる。

(このまま……触ったら、どうなっちゃうの)

未体験の快感が、幼いつるつるボディを震わせる。

細い脚を便座に置いてかぱあっと開いた恥ずかしい姿で、秘密のエリアを指でこしょこしょとくすぐっている。

(こんな格好……恥ずかしいよぉ)

指が少女の鍵盤を弾く。

自分の身体の知らない場所に「気持ちいい」の種が埋まっていたのだ。

(どうして、ここがぴちょぴちょになるの……)

尿とは違うことはわかるけれど、神秘的な粘膜の窪みを濡らしている粘液の正体がわからない。ただ、本能的にそれが性的な興奮を示していることだけはわかる。

くちっ、くちょっ。

中指の先が、どこまでも深く沈んでしまいそうで不安になる。

（怖い……）

指が抜けなくなったらどうしよう、そんな思いまで浮かぶ。

「あっ、うっ、やぁ……」

細い首がひくついて、歯がかちかちと当たる。先ほど見た恭介の勃起幼茎のひくつきをまねるように、ふるふると指を動かしてみる。

少女にとって、はじめての自慰行為だ。

（こんなことしていいの？　おかしくならない？　傷になったりしない？）

鮮烈な快感といっしょに、自分の身体の反応に不安になる。

「ひ……あぁっ、くうう……」

合わさった薄羽の内側が熱を帯びて、痺れが内ももを伝って膝にまでひろがる。まるくてつるりとした膝小僧がぶるぶる震えている。まくれたミニスカートは、もう利沙の下半身をなにも隠してはいない。

(どうしよう。あたし、変になる。ぼんやりして……頭の悪い子になっちゃうっ)

くちっ、くちっ。

自慰の演奏は盛りあがりの第三楽章に入った。

大胆に指を動かし、沈んだ膣口を白鍵、それを挟む陰唇と皮かむりのとんがりを黒鍵に見立ててアンダンテ。フォルテと強弱をつけて弾いていく。

力を足してきゅっ、きゅっと粘膜の峰を押さえる。

指を動かすたびに初潮前の少女の膣口が、薄濁りの粘液できらきら光るが、利沙には見えない。

セルロイドのキューピー人形を思わせる、無毛の丘の奥で、じくじくと性の壺が沸騰している。

(ああ……くる、なんかくるっ)

指のダンスをさらに速めようとしたとき、壁の向こうが急に騒がしくなった。

学校帰りの男子小学生が、何人かトイレに入ったようだ。

「……っ」

利沙の指が止まる。

コンクリートの壁越しだから会話の内容はわからないが、甲高い声ではしゃいでいる。やがて水音も響いてくる。

(あの向こうに……男子トイレに、チ×チンが……並んで)

頭の中が急に冷たくなる。

急に自分の行為が恐ろしく、そして恥ずかしくなって、利沙は立ちあがる。トイレを使っていたことを男子に知られるのがいやで、すり足で進み、手も洗わずに飛び出した。

夕陽を浴びて、小走りに家に向かう。

(あたし……おかしくなってる。みんな、恭介のせいだ)

昨日まで弱々しくて、いつもうつむいていた恭介が、今日はまるで人が変わったように堂々と、女子に囲まれて性器を露にした。

精子を見せろと迫れば、きっと恥ずかしくて逃げまわり、泣いてしまうはずだったのに。逃げ出したのは、射精に圧倒された利沙のほうだった。

(あいつが変なものをあたしにかけたから……エッチな病気になっちゃったんだ。ぜんぶ、恭介のせい……)

悔しくて、頭にきて、利沙は唇を噛む。スカートの中で、剝き出しの幼い陰唇が歩くたびに外気に触れて、とても不安だった。

第三章　スク水少女のはじめて——衝撃のナマ出し精子

1

（映画やドキュメンタリーの映像に入りこんだみたいだ。車も家も、たった十五年でずいぶん変わるんだな）

夢の中だからと後先も考えずに利沙の全身を汚してやってから、記憶にある通学路をたどって家に帰った。

自分の記憶よりもずっときれいな家には、数年前に亡くなった父親がいた。

無口で、恭介がまだ物心つく前に妻を亡くした父の姿はとても懐かしかった。

質素だが温かい夕食のあと、小学生の身体では、やけに深く感じる風呂に入ると、楽しかった少年時代が思い出されて涙が止まらない。

（利沙からのいじめが激しくなる前は楽しかったな……そうか、無意識にあの時代に戻りたいと思うから、こんなリアルな夢を見るんだな）

この頃の父は瑞月家に雇われて、庭師の手伝いのようなことをしていたはずだ。

恭介たちが暮らす家の所有者でもあった瑞月家の主人、つまり華江の夫であり、利沙の父は、威厳もあったが心はやさしい人物で、男手ひとつで恭介を育てていた父をなにかと気にかけてくれていた。

（顔も思い出せないけど……当時は瑞月のおじさんって呼んでいたっけ。夢の中でも、会ってお礼が言いたいなあ）

風呂からあがると父が乾いたタオルをぶっきらぼうに投げてよこした。不器用な父だった。手は庭仕事や瑞月家の修理で傷だらけだ。

現実の父は恭介が大人同士の会話ができる年齢になる前に他界してしまった。

子供時代に親孝行などした記憶はない。

せめて夢の中だけでもと、父の肩と腰を揉んでやると破顔して喜んでくれた。

（このまま眠ると……きっと現実に戻される。華江様のオナニー道具にされて、罵られる生活に戻るのか）

もしかすると、自分は利沙からの屈辱的な顔面騎乗をきっかけに、突然死しかけているのかもしれない。恭介の絶望が増していく。

（死ぬ前の走馬灯が小学校で終わるなんて。でも、その後の僕の人生は最悪だからな）

薄い布団に並んで寝ると、疲れきっている父親のいびきがすぐに聞こえてきた。閉じようとする瞼を、なんとか開こうと努力する。

（現実の世界では利沙からも、まともに人間扱いされていないもんな。小学校のいじめが、十五年も続くなんて思ってもいなかった）

女子トイレで精液を浴びせてやった瞬間に、クラスの女王様が見せた悔しそうな表情を思い出してほくそ笑んでしまう。

（もし当時、この夢みたいに、お漏らしじゃなく射精してやったら、利沙のいじめは起こらなかっただろうか）

悩む気力すら続かない。

疲労が指先にまで行きわたっていて、瞼を開けておくことができないのだ。

全身から力が抜けて、静かな闇に溶けた。

(眠ったら、もう小学生じゃないはずだと思ったのに)

不思議な気分だった。夢の中で熟睡したのだ。

起きてすぐ、自分の身体が小学校六年生のままで、家の中も十五年前だったことがうれしかった。

父はすでに出かけたようだ。

瑞月家に面した道路や、玄関から広い庭に続く小路を掃きそうじするのが毎朝の仕事だったのを思い出す。

台所に行くと、小さなテーブルの上に冷めたトーストとキャラクター柄のカップが置かれていた。父が用意してくれた朝食のようだ。

部屋の壁に、下手な字の時間割が貼りつけられていた。一時間目は体育らしい。

男児用の水泳パンツと替えの子供ブリーフがたたんで置いてある。きっとプールの授業なのだろう。

本棚に置かれていた教科書を抜き、ランドセルに詰めて家を出た。

ちょうど通学時間だ。

ランドセルを背負った小学生たちがきゃっきゃと騒ぎながら登校していく。

初夏だから、大人なら穿かない、尻肉ぎりぎりまでのショートパンツから思いきり脚を出した少女がいる。

（大人の目線だとただ子供っぽくてエロくないはずなのに。今の子供目線だと、すごくエッチに感じるな）

胸もとの開いたタンクトップで、つやつやの肌をさらしている、第二次性徴がはじまりかけた娘もいた。小粒のロリ乳首が生地をちょこんと突きあげている。

視線が女児たちの無防備な服装から離せない。

（同じくらいの歳だと思うと、すごく興奮するぞ。細い腕も、小さい足や上履き、あ……ポニーテールの髪もいいもんだ）

半ズボンの中で、幼茎がじんわりと熱を帯びてくる。

膨張率はとてつもない。太さも長さも数倍になるように感じる。

大人のペニスとは違って、包皮に隠されたタケノコのような亀頭が膨張すると、ひりついて痛いほどだ。

（このまま……小学生のままで好き勝手に生き直してみたい）

恭介は懐かしい校門をひとりで抜けた。

甲高い声の少年少女に囲まれながら、自分の下駄箱を迷わず選び、上履きを出す。

教室に向かうルートも、身体が憶えていたようだ。

自然に階段を進み、教室に着いた。六年三組。

引き戸を開けると、並んだ机にそれぞれランドセルが置かれているのに、教室は無人だった。

(そうか、一時間目は体育……プールだったな)

父がたたんでくれた水泳パンツと下着を持ち、始業寸前の廊下を進む。

記憶どおり、体育館とプールは並んでいた。

(確か、女子しか更衣室がなくて、男子は体育準備室で着替えるんだったな)

体育館にくっついた教室の扉を開ける。

ここも無人だった。

もうすぐ授業がはじまるから、もう全員が着替えてしまったのだろう。壁に並んだ棚に、男子が脱いだ服が詰められていた。

恭介も慌てて服を脱ぎ、空いている棚にTシャツや半ズボンを放りこみ、恐ろしく伸縮性に優れた水泳パンツを穿く。

ぴっちりした素材が、先ほど勃起していた幼茎を包む。

(チ×ポが圧縮されて……苦しいな)

忘れていた児童用水泳パンツの感触に戸惑う。

小学生時代は水着の下にサポーターをつけなかった。肉茎は直接裏地に触れる。

水泳帽をかぶり、簡単な屋根がついただけの渡り廊下を裸足でプールに向かう。

屋外を下着一枚同然の姿で歩くなど、大人になってからは経験がない。

体毛がないつるつるの脚や、痩せっぽちで肋骨の浮いた上半身が恥ずかしい。

渡り廊下の脇から、紺色の人影がすっと現れた。

二メートル先に、学校指定の水着一枚の少女が立っている。

「あっ」

胸には瑞月利沙ときれいな字で書かれた白いゼッケン。

「来たわね。ズル休みするかと思ったのに」

利沙の視線が恭介を射貫く。

濃いめの眉毛が吊りあがっている。冷たい瞳だ。さくらんぼ色の唇がきゅっと結ばれて、怒っているのだと精いっぱいに主張している。

だが、恭介は利沙の身体にしか視線を向けられなかった。

(うわっ、子供時代の利沙の……スクール水着っ)

十二歳の平均よりもずっと背が高く、若い鹿のように伸びやかな四肢。その中心にある、発育途中の胴を、紺色の伸縮素材がぴったりと包んでいた。

幼児体形の児童に合わせたカットのスクール水着は、利沙の長い脚には合わず、筋肉がつきはじめた太ももはつけ根まで露になっている。

ふくらみかけの乳房を覆ったカップを引きあげるストラップは白で、紺色の布地のかたちを強調している。

背中側も白いストラップがV字に紺の布地を吊しており、肩のまるみや、その下の、天使の羽のつけ根のような肩胛骨のふくらみはまったく隠していない。

まだ幼い肉体を惜しげもなく見せつける魔法のアイテムだ。

腰骨が生意気にちょんととがって、紺色の化学繊維を持ちあげている。

「なによ、ぽかんとして。あたしは……すっごくムカついてるのに」

ツインテールの髪が、ワンピース水着の肩に散っている。高級な石けんで磨かれた白い肌に、艶やかな髪が舞う。

「昨日のこと……あたしは絶対、許さないんだから」

声が震えている。

片腕をまっすぐに伸ばすと、手を拳銃のかたちにして恭介を人さし指で撃つ。

(ああっ、利沙の腋がまる見えだ。皺もなくてつるつるで……汗でしっとり濡れてる。ううっ、鎖骨の浮いたラインもエッチすぎるよ)

幼さと無防備さは罪だ。

子供と大人の端境期にある不安定な身体にぴったりと貼りついた生地は、男の視線を釘づけにする。

利沙自身はスクール水着が男を誘う衣装だとは思ってもいないようだ。

「体育倉庫に行くのよ」

渡り廊下に進み出ると、利沙はくるりと背中を向けた。

「あんたのこと……めちゃくちゃに罰しちゃうんだからね」

肩胛骨のふくらみを撫でるようにツインテールの穂先が左右に揺れる。

背中でクロスした白いストラップ。背骨のふくらみの脇に、ぽつんと小さなホクロがあった。

きっと利沙自身もそのホクロを意識していないだろう。小学生の同級生が、そこまで彼女の身体を視姦するはずもない。

だが恭介はその、極細の筆でちょんと墨を落としたようなホクロに欲情した。

まるい幼ヒップが、渡り廊下を歩くたびにぷりっ、ぷりっと合成繊維越しに揺れる。

（ああっ、お尻……スク水のお尻っ）

大人の競泳用水着や、男の目を引きつけるための遊びの水着とは違い、スクール水着は尻肉を覆い隠す、鉄壁のガードのはず。

ところが小学生向けの学校指定水着は男子用の水泳パンツと同様に、サポーターや裏地がほとんどない。

濡れていれば均一の色になるのだろうが、乾いているから、尻肉の割れ目もくっきりと浮かんでいる。

(あの奥に、僕におしっこをかけてくれた利沙の穴があるんだ……)

左右の太ももが大人のようにふくらんでいないから、股間の隙間は大きい。大陰唇に食いこんだ化繊が動きに合わせて引き伸ばされる。

(ああ。利沙のスク水……たまらないよ)

水泳パンツの中で、幼茎がはじけそうなほどに勃起していた。

2

「いい格好ね。ばーか。逆らいもしないなんて」

利沙の嘲笑が、かびと埃の混じった臭いのこもるプレハブの密室に響いた。

授業がはじまれば、体育倉庫には誰も来ない。

小さな窓がひとつあるだけの暗い空間の中央に、跳び箱が置いてある。

恭介は箱の上に伏せて拘束されていた。

手首と足首には、ビニール縄が巻きついている。

利沙がいつも持ち歩いているピンクの縄跳びだ。

将来ピアニストを目指している利沙は、リズム感と腕を鍛えられるからと、昼休みに縄跳びをしている。その縄で拘束されたのだ。

利沙に拘束されるとき、抵抗することはできた。

けれど利沙の「逆らったら叫ぶからね。恭介に準備室に誘拐されたって。逃げてもママに言いつけるから。女子トイレで恭介に変態なことをされたって全校で問題にしてもらうから」という言葉に思い直して、されるがままになった。

利沙の母、つまり華江が怖いわけでも、全校に露出自慰が知られるのがいやだったわけでもない。

(絶世の美少女に、エッチに責められる……これはこれで悪くない)

夢の中だから、なにも怖くはない。美少女にいたずらされるのも一興だ。

「男のくせにあたしの言いなりなんだね」

「うう、苦しいよ……」

スクール水着姿の利沙が腕を振りあげる。
その手には赤い樹脂の筒があった。リレーのバトンだ。
ぱあんっ。
「ひいいいっ」
いきなりのバトン打擲（ちょうちゃく）を尻に食らった。
夢から覚めてしまいそうな、強烈な一発だった。
「ああ……」
うつ伏せのまま背後を振り返る。
少年の尻をたたいた少女は、ぎゅっと握ったバトンを眺めて満足げだ。
（利沙……僕をたたいて、うっとりしてる）
ぱああんっ。
さらに、もう一発。
「く……ああっ」
跳び箱を抱くかたちで拘束された恭介は逃げられない。
ぱあん、ぱん、ぱん。
立場の弱い恭介の、まだ子供っぽくまるい尻を打楽器に見立てた少女の残酷な演奏を受けて下半身に痛みがひろがっていく。

(くうっ、痛いけど……なんだかいやらしいぞ)

身体どおりの精神年齢ならきっと屈辱しか感じないだろう。

けれど美少女に尻をたたかれていると思うと、華江の肉玩具として調教されてきた恭介には倒錯的な興奮まで湧いてしまう。

始末に負えないことに、尻肉が痛くてひりついているのに、幼茎はじわじわと充血して、包皮の中で三角頭を膨張させてしまうのだ。

「んふ……どんな色になったか、見せてね」

利沙はかたわらにあった工作バサミを手に取った。体育倉庫の備品だ。

水泳パンツの腰に、冷たいステンレスの刃がさしこまれた。

「あっ、ああ、冷たいっ。だめ……切られたら……次のプールの授業に出られない」

授業など言い訳だ。ぶたれながら勃起している下半身が恥ずかしいのだ。

「いいよ。あたしが新しいのを買ってあげる。お小遣いで、何枚でも水泳のパンツを買ってあげる。かわりに……あたしが毎回、じょっきじょきに切り刻むけど」

ハサミがすっと滑る。

じょきりっ。

化織があっさりと切られて、水泳パンツが奪われた。

恭介は全裸に剝かれた。裸の尻をさらしたまま、跳び箱にうつ伏せになっている。

利沙が開いた脚の間にしゃがんだ。

「あはあ……恭介のお尻、まっ赤になってる。かっこ悪い」

嘲りといっしょに、利沙の吐息がふうっと恭介の尻の谷間を撫でる。

「あ……あっ」

まだ声変わりが済んでいない、ソプラノで甘い悲鳴をあげてしまった。

「なによ……変な声だして。恥ずかしくないの？」

真後ろにいる利沙の、残酷でうれしそうな表情が目に浮かぶようだ。

「お尻が腫れて、お猿さんみたいだね……」

きゅっと閉じた尻の谷間に、バトンの先が食いこんだ。

「ああっ」

尻の割れ目を開かれて、勃起して先走りを垂らす幼茎と、根元にきゅっと縮んだ男の子の実をさらされてしまった。

「いやぁ……ぶたれて大きくなってるの……？」

利沙が息を呑む。

（驚いてる……というより怖がってるな）

憎い同級少年を拘束してバトンでたたき、昨日の鬱憤を晴らそうとしたのだろう。まさか恭介が興奮しているなどとは想像もしていなかったはずだ。

「汚い。気持ち悪い……変態ぃ……」

赤い樹脂の筒が、男の急所、クルミのような小袋にぐいぐいと押しつけられる。手でじかに触るのがいやで、バトンを介したのだ。陰嚢を押しこまれる。

「うっ、バトンが……食いこむっ」

「あはは、おもしろーい。もっと、痛がれっ」

ごりごりと無防備な場所をつぶされる圧迫感に悲鳴をあげると、ようやく女王様は自信を取り戻したようだ。

「このコリコリが精子を作ってるんだよね。保健の授業で習ったんだよ」

「うう……引っぱらないでぇ」

一方的に責められていては面白くない。

なにしろ夢の世界では逮捕されることもないのだ。

（もっと楽しい展開にできるはずだ。大人の頭で考えろ）

昨日、利沙が射精を見たがったのは純粋な好奇心かもしれない。けれど、今はあえて軍団のメンバーを連れずに一対一で恭介をいじめている。

自分が恭介をいじめている姿を、今日は同級生にも見せたくないのだ。

(射精は見たんだから、もっとすごいことを期待しているんじゃないか)

「ね、ねえ、利沙。ひょっとして……ドキドキしてる？」

「な、なによ……急に。あんたなんか怖くないんだから。ドキドキなんて……」

否定する声に震えが混じっていた。

「……エッチな気分になってない？　僕はすごくエッチになってる。チ×チンが大きくなって、早く精液を出したいんだ。ほら、チ×チンの先から……」

たたみかけるように淫語を並べながら、後背位で跳び箱を犯すように腰を振ると、包茎の先からぷっくりと、朝露のような先走りが糸を引いて垂れた。

「あ……ああっ、いやぁ……先っぽが、とろとろ濡れてる」

汗くさい体育準備室に響く利沙のため息は、やけに湿っていた。

(間違いない。二人きりでチ×チンを見たかったんだな。だから、授業中の準備室を狙ったんだ)

思いきって誘いをかけてみる。

「利沙のあそこも……僕と同じように熱くなって……もしかして、濡れてる？」

「ばか。濡れるわけないでしょ。あんたの裸を見たくらいで……」

どぎまぎした反応は、利沙がすでに、性器が発情で濡れると知っていると告白したも同然だ。

(動揺してる。興奮してるんだな)

早熟な少女は、すでに自慰の経験があるかもしれない。

「もしも縄を解いてくれたら……利沙のことを、すごく気持ちよくさせてあげる」

「恭介のくせに……生意気なこと言わないで」

「利沙のあそこ、舐めたいんだ」

その言葉を聞いた利沙の動揺が、背後から伝わってきた。

「舐める……だめ。だめだよ。汚いし、変態だよ……」

「じゃあ、やめとく? 指と違って舌は柔らかくて爪もないから、利沙のとろとろをかきまわしてあげられるのに」

「かき……まわす……あぅ」

最後のダメ押しだ。

「昨日、僕の顔に春海が跨ったのを思い出して。ちょっと僕が頭を動かしただけで気持ちよすぎて顔をまっ赤にして、腰を浮かしちゃったよね」

「ああ……春海が、気持ちよく……なってた」

魔法の呪文のようにつぶやくと、利沙が数秒ためらってから、亀のポーズで跳び箱に伏せた恭介の脇にやってきた。

見あげると、頰を染めた利沙は乾いた唇を舐めている。二重の瞼は桃色に染まり、べそをかいているように目が潤んでいる。

（やっぱりな。エッチな気分満点だ）

利沙がかがんで跳び箱の穴に通した縄跳びを解いた。

自由になった恭介は身体を起こすと、ピンクの縄跳びをまるめて床に落とした。

スクール水着の腰に手を当てて、子供なりの威厳を示すように正面に立つ。

「早く。や……やりなさいよ」

プールの授業をズル休みしたから、紺のスクール水着は乾いている。

だが、脚のつけ根、逆三角のエリアからは、じわじわと湯気が立ちそうなほどの湿気が流れ出しているはずだ。

「跳び箱よりも、いい場所があるよ」

恭介は立ちあがる。

赤く腫れた尻の痛みも気にならないほどに、きつく勃起していた。

「い、いや……透明の、精子……」

利沙の視線は、少年の柔らかな下腹を突き通さんばかりに充血した幼茎から垂れ落ちる、欲しがり涎に向いていた。

倉庫の奥に大きなマットがあった。高跳びの着地に使う、緑色のクッションマットだ。ダブルベッドよりも大きい。

「ほら、ここに仰向けに寝て」

「……こう？」

スクール水着の妖精が、マットに背中を投げ出す。ぼすっという音といっしょに大量の土埃が舞って、小さな窓からさしこむ日光にきらきらと光った。

本来なら恭介の指示にクラスの女王様が従うはずもない。だが、陰裂を舐められるという、小学生にとっては強烈な冒険の予感が、利沙を大胆にしている。

「は……早く、やりなさいよ。のろまっ」

不安を悟られないように、わざとぶっきらぼうに振る舞っているのだ。

グリーンのマットに、ミルクを煮つめたような肌色の脚が並んでいる。つま先が内側を向き、指がくるんとまるまっている。

恭介は両手で左右のつま先をつかむ。足のサイズは小さくて、土踏まずも柔らかい。

親族以外の男性に触られるのは、はじめてだろう。細くて頼りない足の五本指を握ると、びくりと全身が跳ねた。

「ああん……変態。くすぐりはナシだよぉ……」

恭介はくすぐってなどいない。ただ頼りないほどソフトな指の股に顔を寄せて、新鮮な湿気を吸っただけだ。

まるっこいくるぶし。緊張してこりこりのふくらはぎ。仰向けで脚を開いた利沙の脚に、恭介は頬ずりしながら利沙の肌を嗅ぐ。

目の前にいる少女の肌からはいっさいのコスメやボディソープなどの人工的な香りはしない。かわりに生クリームにも似た、健康的な汗と太陽をたっぷりと浴びた干草のような幼い体香が混じって、恭介の脳天を直撃する。

「は……あう。いやあ……恭介の髪が、ざらざらして」

膝の間に頭を進めると、利沙は自分で体操選手のように大きく脚をひろげた。

「は……あっ、熱いよ。恭介の身体……うぅっ」

二人の肌を密着させたくないらしい。まだ男の性欲を理解していない年齢だから、少年の前に水着クロッチを満開にする危なさにまで考えが及ばないのだ。

(利沙の小学生マ×コが、目の前にっ)

スクール水着のクロッチに鼻を埋める。

つま先から太ももまでの、健康的な匂いよりもずっと強い、ヨーグルトやタルタルソースのような、わずかに酸味のある空気が繊維の向こうから滲んできた。

「ひんっ、ああ……まるでワンちゃんみたい。くんくんして……」

学校指定の水着だ。クロッチは二重になっているが、大人の水着とは違って、秘部のかたちを隠すよりも着やすさや動きやすさを優先しているようだ。

恥丘の中心に走る割れ目が皺になっている。もっと食いこませたくて、両手で利沙の膝をぐっと開かせた。

「んっ、うう……恭介のくせに……エッチなんだから」

大人に比べて関節が柔らかいのだ。バレリーナのように両脚が開き、水着が秘密の谷をぴったりと覆った。

(トイレで見た利沙のロリマ×コのかたちが、くっきり浮いてる)

生地越しに、クリトリスがあるとおぼしき場所に鼻を擦りつける。

利沙のスリムな身体がびくんと跳ねた。的中だ。大人の知識が役に立った。

「ふ……はあっ、じんじんくるぅ」

利沙の手が伸びて、恭介の短い髪をくしゃっとつかむと、自分の中心に引き寄せた。

「ああっ、水着を脱がそうとするなんて」

恭介の両手はまだ水着にかかってはいない。

（ははあ。そういえば大人の利沙も、してほしいことを僕のせいにしてたな）

未来を思い出す。瑞月家で、顔面騎乗を強制してきた二十七歳の新妻利沙は、舌を出せ、下着をずらせとは命じなかった。かわりに恭介に「舐めたいのね」「下着を脱がせるなんて」と遠まわしに自分の希望を伝えてきた。子供の頃から、ストレートに欲求を伝えるのが苦手だったようだ。

（つまり、ナマで舐めてほしいんだな）

指を伸ばして、太ももの腱に挟まれた、つるりとした窪みに這わせる。

「あっ、あん……エッチすぎるぅ」

伸縮性に富んだ生地をぐっと引っぱると、陰裂との間に隙間ができる。

「くう……利沙の匂いだ。甘ったるくて、酸っぱくて、はあああっ」

幼い新陳代謝のフレグランスが鼻腔に満ちた。

強烈な勃起に身体の血液が奪われる。

「んふっ、スースーするぅ」

頭がくらくらしそうな乳酪臭を餓鬼のように吸いながら、紺色の生地をずらした。

紺色の化繊の裏に、白いあて布があった。

まっ白ではない。成長期とはいえ、最低でもこの水着を一年前からは着ているだろう。白かったクロッチはグレーとイエローを混ぜた、うっすらとした少女の染料で色づいていた。

下着の裏地だけでも強烈な刺激なのに、目の前には神秘の花園への門があった。ふっくらとした恥丘には陰毛の気配もない。白い雪の丘に、桃色の渓谷が刻まれている。

「はああん、変態の指が……あーん」

「そうだよ。僕は変態だから……利沙のオマ×コを見たくてたまらないんだっ」

利沙の唇よりもふたまわり小さな縦割れを指で慎重に開いた。桃色の薄襞が、涙のかたちをした艶やかな膣口を囲っている。

(たまらない。もうずっと、この夢の中から出たくない。最高の眺めだ)

小さな膣口は瑪瑙(めのう)のように艶やかなオレンジで、花蜜に覆われきらきらと光る。

膣口の縁を開いて洗うことなどめったにないのだろう。粉雪のような恥垢が控えめに残っていた。じつに美しい眺めだった。

恭介はたまらずに舌を伸ばして、少女のクリームチーズをぺろりと舐めた。

「くうっ、おいしい。おいしいよう」

舌がピリリと刺激される。塩味と酸味が混じった濃縮エキスだ。

「んくぅうっ、ああ……あたし、変態に……恭介に食べられてるぅ」

開いた脚を平泳ぎのように開くと、利沙のふくらはぎは恭介の背中にまわって、ぐいと引き寄せる。

もっと、舐めて。そう欲しているのだ。

「奥まで……ぜんぶ舐めるよ。利沙を気持ちよくして、あんあん言わせるんだっ」

舌をぐっと伸ばすと、桜の蕾ほどの小さな膣口を舐める。

「んは……ああっ。ぺろぺろは反則だよぉ。許してぇ」

降参だとでも言いたげに、マットを両手でぱんぱんたたく。もちろん、恭介に許すつもりなどまったくない。

(目が覚めてこのまま死んでも悔いが残らないくらい、利沙の……子供時代の、かわいい身体を食べつくすんだっ)

指をV字にして、陰裂をかっぱりと割る。ひょこんと頭をもたげた極小の敏感小粒に向かって唇をとがらせた。

3

（すごい。指とはぜんぜん違うんだ……）

利沙は開く脚を止められない。

太ももの間に、恭介の肩がある。

「はっ……ああっ、うう……だめぇ」

自分の声がプレハブの体育倉庫に響く。

（なんで。あたしは優等生で、かっこよくて、きれいで……みんなに褒められて）

それなのに、クラスの「最下位」みたいな弱っちい恭介に、変な声をあげさせられている。

でも、声を我慢できないのだ。

ちろちろと動く恭介の舌が、大事な膣口を這いまわる。

「んあっ、んあああ……」

「おいしい。おいしいよ」

恭介の舌はぷっくりと充血した陰唇の縁を伝い、膣口をとん、とんとたたく。

しなやかな舌が小水の穴までちろちろと味わっている。

「あっ、ああ……ああ。そんなとこ、舐めちゃだめだってばぁ」

声を我慢できない。

利沙は手の甲を噛んだが、足りなかった。中指の関節を思いきり噛んで、エッチな声を我慢する。

だが、恭介の舌は利沙の気持ちいいポイントを知っているかのようにくねくねと動き、アーモンド形の処女肉をからかいながら、中心にある粘膜のトンネルに届く。

「く……ああっ」

ずくんっと下腹の奥が収縮する。

(なによ、これ。わかんない。保健の先生が教えてくれた「生理」だってまだ来ていないのに。あたしの身体、変になってる?)

利沙は自分の性器を詳しく意識したことなどなかった。性教育で教わった初潮や、身体の変化も理解できていない。

「ううっ、利沙の中から温かい液が染みてるよ」

ちちゃ、ちちゃっと猫が水を飲むような音が、太ももの間に挟んだ恭介の頭の下から響いてくる。

身体の奥で、なにが起こっているのかわからないのだ。

自慰すらまともに経験していない幼い肉体に、見た目は小学生でも、中身は性知識豊かな青年の愛撫が続く。

「んはっ、あふうう……っ、なんで。びくびくしちゃぅ」

思いきり開いた足の間で恭介の舌が這いまわる。

「んぅう、利沙のオマ×コの味……たまらないっ」

じゅるちゅ、じゅっちゅぅ。

濁った淫らな蜜音が響く。

「んああ……だめ。変なこと言わないのっ。変態、エッチ犬……ばかぁっ」

(気持ちいい。じくじくする。恭介のくせに、あたしをぐっちゅりさせて)

指とは違って、男の舌は骨も爪もない。粘膜の尖塔が、性感を秘めた場所をひょいひょいと歩きまわる。

舌が膣口の縁を舐めまわしてから、ちろりと陰裂の端に進む。

フードをかぶったごく小さな桃粒を、きゅっと吸われた。

「んひいいいっ」

身体の芯を貫く、痛みにも似た快感は大きすぎた。

少女のあられもない悲鳴が体育倉庫に響く。

(外に……聞こえちゃうっ)

両手で口を塞いで声を我慢する。

「だめだよ。声を出さないなら……続けてあげないよ」

恭介が顔をあげた。ぷっくりとふくらんでいた快楽の種が、刺激を失って寒い。

恥丘の向こうに、勝ち誇ったような笑みがあった。ずっと利沙たちからいじめられる一方だった弱虫の表情ではない。

(なによ、恭介のくせに。悔しい)

けれど急に舌が離れると、くちゅ濡れの陰裂が寂しくて、無意識に腰を浮かせて脚をひろげてしまうのだ。

(あたしがどうしてほしいか、考えなさいよ。続けてよっ)

望みを声に出すのは恥ずかしくて無理だ。だから利沙は唇を噛んだまま、自分のいちばん内緒の場所を恭介に示して誘うのだ。

(ほら、続けなさいよ。あたしの身体にキスしなさいよ。この鈍感っ)

膝を思いきりひろげて、処女の浅溝を見せつける。

利沙からは見えないが、その中心では神秘の膣口が少年の唾液と、幼い膣道が一生懸命に染み出させた発情蜜で光っている。

低学年用のビニールボールみたいにぱんと張った、可憐な尻のまるみの奥には、決して日に当たらないくせに、生意気にアーモンド色に染まった、いちばん秘密の窄まりがひくついていた。

「利沙のピンクの中身も、きゅっと縮んだお尻の穴も、みんなまる見えだよ」

恭介の指摘に、利沙ははっとした。

「い、いやあっ」

慌てて膝を閉じようとしたが、遅かった。

恭介は再び顔を埋め、先ほどよりももっと舌を強く、快楽の粒に押しつけたのだ。

「んあっ、あああ……とんがり、いじめるなぁっ」

(だめ。脚が……閉じらんないっ)

とがった舌がちょん、ちょんと宝石をノックする。

「はひ……ひっ、いやあああっ」

腰がふわふわと浮いてしまいそうだ。

陰唇の縁をからかった舌が、回転しながら膣口を目指す。

「んふううっ、あ、熱いよぉ……んふぅっ」

岩清水のように貴重な処女の蜜がこぼれて垂れると、恭介の舌がそれを追う。

「は……ああっ」

敏感なピンクの門をしつこく舐めしゃぶったかと思うと、膣口よりも下、恥ずかしい窄まりとの間のわずかな平地に、唇をぐっと押しつける。

女性器と肛門を収縮させる筋肉を、ぐいと押された。

「あーん、コリコリするぅ。だめ。恥ずかしいっ。はーああっ」

あられもないソプラノで甘い悲鳴をあげてしまった。

「我慢しちゃだめだって言ったよね」

恭介に見つからないように手で口を押さえようとしても、恭介はすぐに悟って舌を離してしまう。

「う……く。い、いじわるぅ」

恭介の舌が欲しくてたまらない。

お腹をへらした子猫のように哀しげな表情を浮かべ、がんばって腕を下ろした。

スクール水着の体側に腕をつけた気をつけの姿勢で、ぎゅっと拳を握る。

「続けて……やめないで。もっと……もっとぉ……」

ついに懇願してしまった。

埃くさいマットのビニール生地の上を、汗まみれの腕がぬるぬる滑る。

「うれしいよ。おねだりしてくれて。僕がまるごと……舐めてあげるっ」

開脚前転のように脚を開かされた。

舌は止まらない。会陰をすぎると、さらに奥にある窄まりまで舐められた。

「だめだめだめっ。お尻はだめっ」

自分の身体の中で、いちばん汚れているはずの場所を、恭介は自らぺろぺろと舐めはじめたのだ。

(ああん、恭介のベロが……はひいっ、おトイレの穴だよぉ……恥ずかしい)

逃げ出したいのに、きゅっと縮む渦を一本ずつ数えるように舐められると、下半身の力が抜けてしまうのだ。

「あーん、あああん」

赤ちゃんみたいな鳴き声を聞かせてしまった。

「利沙、子供の頃からお尻の穴も感じるんだね」

うれしそうに恭介が決めつける。

「な……なんのことよっ、ああっ」

秘密の窄まりに心地よさが埋まっていることなど、まったく知らなかったのだ。

それなのに恭介は、すでに弱点を知りつくしているかのように舌で中心を突く。

「はううっ、ああん……おかしくなるぅ」

内ももに這っていた指がスクール水着のクロッチに忍びこみ、唾液でぬらついた桃色真珠のベールをやさしく剝いた。

「あっ、あ……冷たい」

ふだんは包皮に覆われている宝石は、外気に触れただけで不安になる。

「怖がって震えてる。ほら、食べてあげる」

恭介の宣言と同時に、生まれてはじめて剝き出しになった陰核が温かなぬめりに包まれた。唇に真珠を含まれ、舌先で転がされる。

強烈な悦が仰向けの背中を走り、利沙は思いきり仰け反った。

「あーん、ああんっ、すごいぃ」

(なに、これ。頭のなかがぼんやりして。あそこが焦げちゃうくらい熱くなって)

ぶるぶると腰が震え、つま先をまるめても脚の力が抜ける。

スクール水着の胸のパッドに擦れて、薄べったいおっぱいがひりついて痛い。

「ほらっ、クリちゃんとお尻の同時攻撃だよ」

桃色の粘膜粒をしゃぶりながら、細い指でくりくりとお尻の穴をほじられる。

（恥ずかしい。恥ずかしいのにすごく気持ちいい）

自分の身体になにが起こっているのか、利沙にはわからない。

「はひっ、ひいいいっ、熱いの。変なの。おかしなのがきちゃうぅ」

混乱しながらも、恭介の別の指が敏感な膣口の縁を撫でれば、頭を左右に振りながら甘いため息を漏らすしかない。

「エッチなびしょびしょオマ×コにおしおきだっ」

充血した少女の宝石が、ちゅっと吸われた。

「あん、ひいいっ、壊れちゃうよぉ……あたし、どこかに飛んでっちゃうっ」

閉じられなくなったさくらんぼ色の唇から、つうぅと涎が垂れて頬を伝う。

「くうっ、すごい。オマ×コがひくひくしてるっ」

ピンクのとんがりが舌でつぶされた。

頭の中に稲妻が走って、幼い身体が釣られたての魚のようにぴちぴちとマットの上で跳ねる。

「んあああっ、だめ。気持ちよすぎて頭が痛いの。ガンガンする。あああああっ」

プレハブの体育倉庫。細い鉄骨が天井を支えている。利沙の視界がぼやける。

下半身の力が抜けて、熱が陰裂からじゅわりと逃げていくようだ。

小さな拳をぎゅっと握って、手のひらに爪を食いこませても押し寄せる快感は少しも薄まってくれない。

「はひっ、だめえ……あたしも変態になっちゃうぅ。んあああっ、だめえっ、悪い子に、エッチな子になっちゃうよぉっ」

哀しい悲鳴をあげながら、少女は生まれてはじめてのエクスタシーに溺れる。

体育マットの上で、ガラス細工のような肢体が蕩けていった。

4

(ううっ、ロリマ×コがぱっくり開いたままだ)

恭介の前に、乱れたスクール水着姿の利沙が横たわっている。

指を離しても戻りきらないクロッチから、性器が半見えになっている。

強烈なエクスタシーを迎え、脱力して開いたままの脚の間には、小さな水たまりができていた。

「……ねえ、利沙」

「うう……なによ。話しかけないで」

「うれションって知ってる？　仔犬が飼い主に撫でられたり、ごはんをもらったりすると、うれしすぎておしっこを漏らしちゃうんだ」

「それがなによ。犬はあんたでしょ。エッチなところをぺろぺろするのが好きで……」

「利沙もさっき、うれションしたんだよ」

恭介の言葉を聞いた瞬間、利沙が跳ね起きた。

「いやああっ」

マットにたまった新鮮な失禁の跡は、まだ湯気が立っていた。

初潮前の少女らしい、ほとんど臭気のないぬるま湯だ。

「見ないでっ。見るなあっ」

脚をばたつかせて尿の跡から逃げる。

「ばかっ。あんたが変なことするからっ」

マットの端で、顔を両手で覆ってうつ伏せになっている。艶やかなツインテールの根元にある、複雑な造形の耳がまっ赤だ。

（なんてかわいいんだ）

意地悪なクラスの女王様が、性器を見られ、男の舌で絶頂したときよりも、もっと恥ずかしがっている。

（たまらないっ）

大人の女にはない、はかなさや初々しさがたまらない。

全裸で立ちあがり、利沙を見下ろす。

肉茎がはちきれそうなほどに充実している。

（挿れたい。利沙の中で……射精したいっ）

さんざん舐めしゃぶったものの、あまりにも狭そうな性器に挿入しようとは思っていなかった。そもそも華江以外の女体を知らない恭介は、人生で、自分の意志で他の女を抱く機会があるなど想像できなかったのだ。

（無毛のオマ×コがひくひくしてる）

身長こそ六年生としては高めの利沙だが、まだ子供なのだ。大人のペニスを挿入するのは無理だと心の中で決めつけていた。

（濡れてるってことは……身体はオーケーサインを出してるんだよな）

改めて見下ろせば、この夢の中の身体に生えている幼茎は、大人の中指を少し太らせたほどのサイズしかない。利沙の極狭洞窟を探検できるのではないか。

（現実なら犯罪だけど……この世界ならなんとでもなる）

男の心に太古から刻まれている、獣の遺伝子が目覚める。

（十五年も僕をいじめつづけてきたんだ。今日は僕が仕返しをする番だ）

両手で顔を隠したまま、うつ伏せで背中をまるめている利沙の上にのしかかった。

「きゃっ、なんなのよ」

恭介の前で漏らしたのがよほどショックだったのだろう。悲鳴まで弱々しい。

「利沙を気持ちよくしてあげたんだ。僕にもお礼してもらうよ」

緊張で強張る手を伸ばし、スクール水着のクロスしたストラップを引っぱる。

「いやあ、やめてっ」

脱がされまいと暴れる。背中から肩胛骨が盛りあがって紺色の生地がずれると、まったく日焼けしていない艶やかな肌が現れた。

先にストラップを腰まで下ろしてしまえば恭介の勝ちだ。

お腹のあたりで裏返った生地に、肌色の薄い胸パッドがある。

小皿ほどのふくらみが現れた。

「だめえっ」

顔を隠していた手が胸に移動する前に、恭介が手首をつかんだ。

「僕を縛ったお返しだよ」

マットの上に置いた、ピンクの縄跳びが活躍する場面。こんなこともあろうかと、利沙が絶頂で放心している間に拾いあげたのだ。

スクール水着が半脱ぎになった背中に、少女の細腕を重ねると後ろ手に縛った。

うつ伏せの背中で、十本の指が空中にないピアノを弾くように激しく動く。

「叫ぶから。校舎に響くぐらい叫ぶからねっ」

利沙は振り返って眦（まなじり）を決する。

「いいよ。そのかわり、利沙が漏らしたおしっこの池も、おっぱいもみんなに見られちゃうけどね」

恭介はストレッチ生地に包まれたまるい尻に座り、たらたらと先走りを垂らす包茎の槍を利沙の背中にある小さなホクロに擦りつけてマーキングしてやる。

女戦士やヒロインを捕らえて慰みものにする、映画やアニメの悪漢の気分だ。

「ひどい。最悪の……最低よっ」

不特定の他人に小水や裸をさらすのは、クラスの女王様にとって耐えられない屈辱のようだ。

(僕におしっこをかけるのや、オマ×コを舐めさせるのは平気だったのにな)

この頃すでに、利沙は恭介を同等の人間扱いはしなかったものだ。

今は立場が逆転している。利沙が気位の高い猫のようにフーッと怒りの息を吐いても、腕を拘束され、背中に体重をかけられてはもう逃げられない。

恭介にはもうひとつ武器があった。

「僕の水泳パンツを切ったからね。おあいこだよ」

利沙が使った工作用のハサミだ。

ステンレスの刃を、スクール水着からはみ出した尻の下弦に当てると、利沙はひっと叫んで全身を強張らせた。

「い……いや。いやだよぉ……」

長めのハサミがスクール水着に滑りこむと泣きそうな顔に変わる。

クロッチのあるエリアは厚いから切りにくいだろう。

「うう……裸にしないで。許して」

うつ伏せになった幼ヒップの頂点あたりにハサミを進め、横に切ってやる。

じょきりという音に合わせて、利沙はううっ、くうぅと悔しそうな声を漏らす。

極端に伸縮性に優れた水着の生地はひと切りごとに縮んで、皮を剝いた半熟ピーチのように水分に富んだ尻の肌を露にしてくれる。

「ほら、まんまるお尻がこんにちはだ」

子供の体形だから腰のくびれは目立たない。

未熟な尻は雪に覆われた丘のようだ。そのふっくらした曲面に、皺になったスクール水着がまつわりついている。

「なにをする気なの……ううっ、絶対許さない。ママに言いつけるから……」

「言ったよね。僕も気持ちよくしてもらうんだ、利沙のオマ×コで」

幼茎を振り立てると、利沙の背後にまわった。

「保健の授業で習ったんだろう。『おしべとめしべ』みたいに僕の精子を利沙の卵子にくっつけるんだ」

利沙の全身が総毛立った。

「まさか……いやあああっ」

保健の授業で習った「赤ちゃんが生まれるまで」など、小学生にとってははるか先の時代に起こる、SFのようなものだろう。現実感などなかったはずだ。

胸とお尻を隠そうとうつ伏せになって身をよじっても無駄だ。

両手でスクール水着ごと腰を引きあげた。

(後ろから見ても、本当にきれいだな……)

ゴムボールのようにつるりとした双丘を割った浅い谷間に、恭介が味わった羞恥の窄まりと、薄桃色の陰唇がきれいに並んでいる。助けて、許してとばかりに、利沙の呼吸に合わせて繊細な二枚の花びらがきゅっ、きゅっと開閉している。体温で乾き、アンモニア臭が強くなる。それも男を昂(たかぶ)らせるエッセンスだ。

「お願い。ほんとにやめて。ママには内緒にする。だから……」

「でも、利沙のオマ×コはとろとろだよ。チ×チンが欲しいって言ってる」

粘膜の口は花蜜と恭介の唾液できらきらと粘液で濡れている。

「違うの……さっき、エッチなことをされたから……ううっ、絶対、だめ」

「僕の精子が利沙の中に入りたがって、もう止まらないんだ」

恭介に逡巡(しゅんじゅん)はない。

腰をつかんだまま、屹立に手を添えて陰裂に向ける。

「ああっ、ひいいいっ」

ヤングコーンのような幼茎の先端の、くしゃっとした包皮が陰唇に触れただけで利沙は仰け反った。

「ああ、チ×チンの先っぽでも、中の温かさがわかるよ……」

ぐいっと利沙の腰を引き寄せた。

「いやあああああっ」

ずぷり。

利沙の母、華江の完熟性器以外知らなかった、挿入の瞬間だ。

(これが、利沙の子供時代のオマ×コ……最高だ。入り口からコリコリして、手で握られているみたいだ)

包皮越しでも処女地の新鮮な粘膜の感触が亀頭を喜ばせる。

「ひっ、ひいい……気持ち悪いよぉ」

ピンクの縄跳びで重ねて縛った手が、小さなげんこつを握る。力を入れすぎて関節が白くなっている。

腰を強く引き寄せれば、硬いゼリーのような膣襞に敏感な少年性器が際限なく呑みこまれていく。

「お……お、おおっ、すごく気持ちいい。一生この感触を忘れないよ。利沙も……僕のチ×チンの思い出といっしょに生きるんだ」

「いや……いや。絶対に忘れるぅ……」

マットに片頬を埋めた利沙の瞳から涙が流れている。

嗚咽(おえつ)に連動して膣口がきゅっと締まるのがたまらない。

「もっと泣いて……泣けっ」

ずいと腰を打ちつけると、利沙はひん、ひんと鼻声を漏らす。

まだ子供っぽさを残す、ピンク色の肉竿の半ばまで侵入させると、利沙の背中がびくんと大きく震えた。

「きいいっ、無理。い……痛い。本気で無理っ」

悲鳴があからさまだった。

(そうか。これが処女喪失ってやつか……)

膣道が急に狭い。包皮ごと亀頭に加えられる圧力も強まっているようだ。

普通の恋人なら、女性の痛みを和らげようと動きを緩める場面だ。

恭介は違う。十五年後の自分にかわって、目の前の女王様に復讐したいのだ。

破瓜(はか)の痛みに歪む顔を特等席で鑑賞したい。

ぐぐっと膣道の中で若い竿がしなる。包皮が引っぱられて、敏感な亀頭冠が膣襞に擦れると強烈な快感が走った。

(大人の剝けチ×ポだと、刺激に慣れてるからな。でも、子供の包茎はすごく敏感で……気持ちいいっ)

「んひいいっ……無理なの。わかるの。あたし、壊れちゃうからっ」

「じゃあ……壊れるのを見せて」

両手でつかんだ、華奢な腰をぐるりとまわす。

「んくうっ。だめえ、いやあああっ」

勃起は埋めたままだ。回転する瞬間にちゅぷりと新鮮な花蜜が溢れた。

「くっ、利沙の中でチ×チンがこねまわされてるみたいだ。気持ちいいっ」

マットの上で側転した利沙が、仰向けになった。

後ろ手で縛られているから、お腹を天井に向けた格好だ。

「はああっ、胸……見たらいやだぁっ」

（最高だ……十二歳の利沙のおっぱい）

背中がぞくりとした。挿入しながら眺める美少女の乳房の背徳感は格別だ。

内側から腫れたような、薄いふくらみ。その頂点にあるのは、肌よりもわずかに濃く染まった、ひし形の小さな砂糖菓子を思わせる乳首だ。

（大人の乳首とぜんぜん違う……）

若い剛肉が貫いている利沙の性器は、性毛がないだけでなく陰唇が薄く、膣口からのぞく襞も少ない未発達なものだった。皺や影がまったくないのだ。

そして乳首も同様に、乳頭を囲む粒が肉眼ではわからないほど小さく、乳頭はぷくんと控えめにふくらんだだけで、大人のように乳輪との境目があるわけでもない。とてもシンプルで繊細な造形だった。

高山植物が懸命に咲かせた可憐な花のように、手折るどころか素手で触れるのも許されないデリケートなパーツだ。

だが少年の時間をやりなおせる恭介には、このか弱い身体を蹂躙するのが最大の興奮になる。

「いや……こんなの、夢だよぉ……いやだよう」

砂と埃にまみれたマットに、利沙のツインテールがひろがっている。泣きはらした瞼と、頬を伝う涙の跡がたまらない。

「夢だよ。でも、利沙のじゃない。僕の夢だ。僕の思いどおりになる夢だ」

恭介は上体を伏せ、利沙の胸に頬を当てる。温かい。激しい鼓動が伝わってくる。

「ぷにぷにのロリおっぱい……ああっ、たまらない」

コーヒー用のソーサーを伏せたような、薄い乳房のまるみを確かめる。

「いやああっ、触らないで。赤ちゃんのためのおっぱいなのにっ」

溶けかけのストロベリーチョコのように柔らかい乳首を口に含んだ。

「ああ、そうだよ。僕が利沙の中に精子をどくどく注いで生まれる、二人の赤ちゃんのためのおっぱいだ」

「い……いや。いや。あんたの赤ちゃんなんていやあっ」

だが唇で乳首を挟むと、利沙はいやがった顔のまま、びくんと身悶えした。

「はっ……ああ、変な感じぃっ」

子供ではあっても性感はあるようだ。

舌先で先端をたたくと、くうっと唇を前歯で噛み、いやらしい声を我慢している。

控えめな乳房から顔をあげ、悔しそうに眉根を寄せる表情を鑑賞する。

(いくぞ。利沙の身体に、僕を刻んでやる)

大きく開いた細い脚。その中心、脂肪のない三角地帯に刻まれた、桃色の渓谷。

美しい眺めの中で、桃色の肉羽根をこじ開けて、若さを誇るように充血した肉茎がずっぷりと膣口を犯している。

「ううっ、ああ……痛い。動かさないで」

二人とも性器を隠す茂みがないので、粘膜と牡肉が結合している、二人の年齢では許されない行為がまる見えだ。

「くううっ、利沙のはじめてを……いただきだっ」

高らかな勝利宣言と同時に、ずうんと腰を送った。

とても狭い秘門を、若い肉槍でこじ開ける。

「あっ、あああっ、ひどい。い、痛いぃ」

ぷつり。

抵抗が、一瞬の抽送で消えた。

「ん……ひいいっ、助けて、ママ……つらいよぉ」

利沙が頭を仰け反らせる。細い首が荒い呼吸に合わせてひくついている。たった今貫通してしまった、処女の桃色トンネルと同じ動きだ。

「利沙のバージンをもらったぞ……くうっ、僕のチ×ポで泣かせてやったんだ」

狭い膣道を亀頭で探る。

「ひどい……死んじゃうぅ」

ミリ単位の動きにすら涙を流す利沙の身体から、甘ったるい緊張の汗が香った。

「あううっ、すごく絞まる。中に吸いこまれてるみたいだ」

これまで経験したどんな自慰も、華江との一方的なセックスでも経験したことのない、強烈な快感だった。

「出すぞ……精子、利沙の奥にたっぷり……どくどくっ」

破瓜の血が膣内分泌液と混じった、薄桃色の哀しい少女露が、肉づきの足りない会陰を伝う。

「いやあ……だめ。まだ赤ちゃんなんか生みたくないよぉ」

ふだんはきりりとした眉をへの字に曲げてめそめそと泣き、唇をわななかせてかぶりを振る利沙に、クラスの女王様の威厳など残っていない。

無理やり開花させられた少女の膣肉は痛みによって収縮する。その動きが恭介に強烈な快感をもたらす。

「最高だ。利沙のオマ×コは最高の精子タンクだよっ」

猛烈な射精欲求が恭介の下半身に満ちて、ストロークのたびに睾丸がきゅっと縮むのがわかる。

「ひっ、いやあ、精子、嫌いぃ……はあっ、お願い。動かないで。息ができなくなっちゃうっ」

何年にもわたる、華江への屈辱的な肉玩具がわりの挿入とは違い、相手に快感を与える必要などない。

ただ欲望のままに放てばいいのだ。

(これが牡のセックスなのか。すごい。利沙を支配してるっ)

幼茎が根元まで、膣肉に埋まった。

「うぐっ」

先端がこりこりの少女の突き当たりにぶつかる。

まだ初潮も迎えていないせいで固く閉じた子宮口だ。

粘膜のリングに包皮をぐいとねじこむ。

強烈な悦が、若竿の尿道をぶわりとふくらませた。射精への秒読みだ。

膣道の締めつけによって包皮を脱がされ、剝き出しになった亀頭が処女の蜜で茹でられている。

「ああ、とんがりが……つぶれちゃうぅ」

利沙が呻いた。

無毛の恥丘同士が擦り合って、ぷっくりと充血した生意気なクリトリスが刺激されていた。

「んひっ、ああ……いやあ……身体の中で恭介が暴れてる。怖い。あたし、どうなっちゃうの……っ」

利沙は泣きながら、唇を半開きにして喘ぐ。

破瓜の痛みがようやく落ち着いてきたところに、敏感な肉芽を圧迫される。疼痛(とうつう)と快感が入りまじって混乱しているのだ。

「出すよ。利沙の身体に……最初に精子を注ぐのは僕なんだっ」

ずちゅっ。

最後のストロークだ。

亀頭の先端を幼い子宮口に押し当てて、一気呵成に突き揉む。

「イク……出るっ、おおおおっ」

下半身に電流が走り、視界が歪むほどの快楽が少年の身体を焦がす。

「利沙の身体を……精子でまっ白に染めてやるっ」

どくり、どくっ。

弓なりになった肉茎の中心を、信じられないほどの圧力で、牡液が飛び出していく。

「いやああっ、熱い。おなかの中が火傷しちゃう。んああっ」

第二次性徴を迎えたばかりの精液は、信じられないほど大量だった。いくら注いでも噴き出してくる。

桃色の陰唇に肌色の若肉が食いこんだ結合部から、どろどろと、破瓜の証が混じった薄桃色のミックスシロップが溢れて運動マットを汚す。

「ああ……ああ……もう、いやあ……」

絶望に宙を仰ぐ利沙の顔は、とても美しかった。

第四章　高慢ママを徹底調教——三穴の強制絶頂

1

朝だ。恭介はランドセルにソプラノリコーダーを生やし、小走りで校門を抜ける。

（夢が長すぎて、しかもリアルすぎる。まるでこっちの世界が現実みたいだ）

だんだんと小学生らしい生活を演じるのがうまくなってきた。

「待て、おまえ」

恭介が登校してくるのを待っていたかのように、ジャージ姿の男性教師が駆け寄ってきた。小学生の視線からはゴリラのように見える体格だ。

「大沢恭介だな。呼び出しがある」

朝の挨拶も抜きで詰問される。

恭介は教わったことのない若い教師だ。けれど、顔には見覚えがあった。

「ＰＴＡ会長がいらして、おまえを名指しで怒っているらしい。娘さんにとんでもないことをしたそうじゃないか」

ＰＴＡ会長と聞いて思い出した。

（そうだ。この若い先生、華江様の昔の愛人だ）

小学六年生の頃は利沙の母、華江が会長を勤めていた。

そして当時、主人の留守を狙って、庭から瑞月家の屋敷に忍んでいたのがこのたくましい男性教師だった。

「その……会長はおまえと二人きりで話したいとおっしゃってる」

小学六年生の児童に対して尊大な態度を示しているが、中身である二十七歳の恭介にとっては、ほぼ同世代の教師が、なんだか怯えているように思えた。

（ひょっとして……自分の学校に歳上の浮気相手が現れてビビってるのか）

教室に向かう児童たちの列から離れて、別棟の新校舎に向かう。

試しにカマをかけてみた。

「先生は、ＰＴＡ会長と仲がいいんですが」

その言葉を聞いた瞬間に、ぴちぴちのジャージで筋肉を誇った背中がびくんと震えた。振り返った顔に焦りは隠せない。

「な……なにを言い出すんだ。ひ、人を驚かせるな」

あからさまに怪しい。なんという嘘のつけない青年だろうか。

「別に……会長って利沙……瑞月さんのママですよね。校長先生や教頭先生ならともかく、若い先生とはあまり縁がなさそうで、不思議に思っただけです」

少年への不機嫌さを露にした教師が恭介を連行したのは、新校舎に作られた完全防音の音楽室だった。

廊下に貼られた使用予定表を見ると、今日の午前中はずっと空いているようだ。六学年合わせて二十四クラス。まったく音楽の授業がないのは珍しい。

「……失礼します」

教師が緊張した面持ちで防音のドアを開けた。

「遅かったじゃない」

細かい穴が無数に並んだ、吸音素材の壁に囲まれて窓はない。

ステージの床が一段高く、黒光りするグランドピアノが置かれている。それを児童用の椅子が扇形に囲む。

大人には小さな椅子のひとつに、目が覚めるようにまっ赤なノースリーブのワンピースを着た女性が座っていた。

黒髪を高く巻きあげ、細く描いた眉と、ワンピースと同じ、鮮やかな赤い口紅を塗った唇を、への字にして恭介を睥睨（へいげい）している。

小学校に来るには派手すぎる格好だ。膝丈の裾から伸びた、網の粗い黒タイツは健康的な朝の校舎にはまったく合わない。

（華江様だ。若いな。そうか……この夢は十五年前だから）

この頃の華江は、逆算すれば三十歳だろう。PTA会長としては異例の若さだ。瑞月家が地元では知られた名家で、華江よりずっと歳上の夫が、地域に長く貢献してきた名士だから選ばれたのだと、恭介は記憶している。

（昔から、とんでもない美人だったんだな）

恭介が知っている、熟しきった妖艶なマダムとは違い、目の前の華江は身体が引きしまっていて、上向きのバストがつんとワンピースを押しあげている。

三十歳にしては艶っぽさを感じさせる。十五年後の、二十七歳の利沙と比べてもはるかに大人の雰囲気だ。娘を十代で産んだせいだろうか。

（エロさがムンムン匂ってる。若い男なんかイチコロで誘惑されたろうな）

「言われたとおり、この教室は午前中使用不可にしておきました」

訓練された番犬のように直立不動で報告する。

「もう、いいわ。行って」

派手なマニキュアを塗った手をひらりと一閃させただけで教師を退場させた。

誰に対しても尊大で、冷たい瞳は若い頃から変わっていない。

二人きりになると、その瞳に怒りが混じった。

「大変なことをしてくれたわね。使用人の息子の分際で」

ハスキーな声と同時に、目の前に紺色の布の塊が投げつけられた。

昨日、体育倉庫で利沙の処女を奪ったときのスクール水着だ。尻の部分がざっくりと切れ、少年と少女の汗と体液を吸ってしっとりと湿っている。

「様子が変だったから利沙ちゃんを問いつめたのよ。何もかも聞いたわ。水着を切られて、裸を見られたって」

くっきりした二重の瞳が恭介を射貫く。

「……悪夢だったわ。おまえを絶対に許さない。父親もいっしょに、地獄に落としてやるわ」

「は、華江様……」

何年も性玩具として調教され、服従してきた恭介は、全身を凍りつかせた。背中が勝手にまるまって、そのまま頭を床に擦りつけて許しを請いそうになる。すんでのところで土下座を思いとどまった。

(待て。これは現実じゃない世界だぞ)

新婚の利沙から顔面騎乗で責められ、気づけば十五年前の世界に戻っていた。今では夢を自分でコントロールできる。

(そもそも、校内で華江様と話した記憶なんてない。虚構なんだ。この夢は僕の思いどおりに進められる。なにをやってもいいんだ)

恭介は改めて、十五年前の華江を眺める。

「なんなの、いやな目つきをして……卑しい表情だわ」

網タイツを履いた長い脚を組んでいるが、座っているのは子供用の学校椅子だ。なんとも似つかわしくない。

エナメルのハイヒールでも高価なレザーブーツでもない「来校者用」とマジックで書かれた緑の安物スリッパが滑稽だ。

「なにを笑ってるの。気持ち悪いッ」

勢いよく立ちあがると、南国の花のようにまっ赤なワンピースが顔面に迫る。

華江が片手を振りかぶった。反省の色どころかふてぶてしく笑う、使用人の息子をたたこうというのだ。

目の前の出来事が現実ではないとわかっている恭介は動じない。

「そんなに怖い顔をすると、さっきの先生に嫌われちゃいますよ」

振りあげた腕がぴたりと止まった。

「な……なんですって」

ノースリーブの袖から裸の腋がのぞいた。怒りと動揺の汗で光る肌には、完璧な無毛ではなく点々と体毛を剃った跡が残っている。

(十五年前だと、まだエステもしていなかったのか)

セレブ若妻なのに腋の処理が甘いとは。意外性があって興奮する。

「僕は何度も見てるんです。あの先生が、庭から華江様の寝室に行くところを」

怒りでまっ赤だった華江の顔が、みるみるまっ青になる。

「美人で評判のPTA会長が、家庭も顧みずに若い先生と遊んでるなんて、先生方や……華江様のご主人に知れたら、どうなりますか」

少年らしく振る舞う演技は不要だ。中身の二十七歳、それも未来の華江の弱点を知りつくした肉玩具青年としてたたみかける。

「お……おまえの言うことなんて誰も信じないわ」

「どうでしょうか。なんの利害もない小学生と、運転手とガレージで浮気……いや、フェラをしてあげる華江様、どちらが信用されますかね」

耐え忍んできた奴隷の反乱だ。

「おまえ……どうしてそれを。なんて恐ろしい子……」

華江は般若のような威勢を失い、へたへたと防音カーペットの上に座りこむ。

ここから先は推理だ。人間の癖や習慣は年月が経ってもさほど変わらないはずだ。

「しばらくは浮気もできませんね。でも華江様のベッドのサイドテーブルに、どスケベな玩具がたくさんしまってあるから、欲求不満にはならないかな」

華江はひっと叫んで口を手で覆う。

自慰道具の隠し場所は十五年間変わっていなかったようだ。

「嘘よ……ああ、どうして知ってるの。怖い。おまえは悪魔だわ」

あまりのショックに、ワンピースの裾がずりあがって、太ももの半ばで終わるセパレートの網タイツも、その奥の黒い下着もまる見えだ。三角ショーツの面積は異常に小さく、縁を細かいレースが飾っている。

（ははあ。僕を叱りつけて学校に報告してから、あの先生と帰りにホテルでも行くつ

もりだったか）

瑞月の屋敷に住みこんで、最下級の使用人兼肉玩具として仕えてきた。華江の考えなど想像がつく。

「まさか……利沙に悪さをしたのも、私を脅すための罠だったの……？」

しゃがんで手を床につき、唇をわなながせている。

恭介は笑いを堪えた。

「ああ……どうしたらいいの。私があさはかだった……」

秘密を次々に暴露された華江が、勝手に悪いほうへ解釈して自爆してくれるのだ。

（十五年後の華江様に比べると、まだまだ世間ずれしていないんだな）

「お願い。浮気のことを誰にも言わないで。寝室の玩具のことも、夫に知られたら、ふしだらな妻だと軽蔑されてしまう……」

三十歳の若妻の憔悴した様子は新鮮だった。

うつむいてカーペットの生地をむしるように爪を立てている。

黒髪を巻いて持ちあげているから、恭介からはうなじを飾るカールした後れ毛が見える。背中側の襟からは、黒い下着のストラップがのぞいていた。ショーツとセットの、男を刺激するための豪奢なランジェリーなのだろう。

（この服の中に、ぷりっぷりの巨乳や、陰毛からはみ出した厚めのビラビラや、大きめのクリトリスが隠れてるのか）

自分の知っている華江の裸体を目の前のワンピース姿に重ねると、恭介の幼茎はみるみる昂っていく。

利沙の処女膜を貫いた短刀が、びくりと跳ねて力をためる。

顔を伏せて床に座った華江の正面に立つ。

（ここは俺の世界。俺が好きに振る舞える、夢の空間なんだぞ）

「じゃあ、内緒にするかわりに、僕……俺の言うことを聞いてくれますか」

「……ええ。いいわ……」

小声で答えて顔をあげた華江の目が見開かれた。

「ひ……ひぃッ」

恭介はハーフパンツと子供用の白ブリーフをすでに脱いでいた。

小学生の、性別すらはっきりしない無毛の柔らかな下腹。それを穿つほどの角度でタケノコ様の肉茎が生えている。

第二次性徴のおかげか、利沙の処女を貫いた経験による変化か、興奮の露を漏らす桃色の亀頭が包皮からわずかずつ露出するようになっていた。

「華江様が車の中で、運転手さんのチ×ポを咥えてた顔が忘れられないんですよ」

小学生の男児、それも侮蔑してきた使用人の、愚鈍な息子が豹変したことに驚いたのだろう。華江は顔をそむける余裕すらない。

「い……いやあ」

幼茎を唇に触れさせ、透明な先走りを柔らかな唇に塗ってやると、はじめて抗った。

「いいんですか、先生方やPTAの奥さん仲間……旦那さんにしゃべっても」

声変わりが終わっていない、まだ幼い声だが、脅しには変わりない。

「ああ、子供のくせになんて下劣な……んむぅ」

よけいな罵倒など聞く気もない。恭介はまだ幼い牡槍で、濡れた唇を割った。

(初フェラだ。これが女の口の中か。なんて温かくて、柔らかいんだ)

恭介が口唇での奉仕にこだわったのにはわけがある。

小学生に戻る前の世界では毎日のように舌奉仕を強要され、排泄器官にまで舌を使わせられてきたのに、華江から肉茎を舐められたことは一度もなかったのだ。

「ううぅ、これがフェラチオ……すごい。オマ×コよりくにくに動いてる。歯がチ×ポに当たるのもたまらないっ」

舌を犯すように幼茎を前後させながら、深さを増していく。

犬のおすわりのポーズで手をついた女の口を、立ったまま犯す。

グランドピアノの磨きあげられた黒いボディに、身長が低い少年に大人の女が奉仕する倒錯的な景色が映っていた。

ちゅっく、ちゅっく。

腰を振るたびに、華江の口中から素敵な音が漏れる。

少年の身体には陰毛が生えていないので、口紅が擦れ、唾液で濡れた唇を犯す弓なりの幼茎がよく見える。大人の性器よりはずっと小さいから、華江の口蓋をたたきながら前後させるのも自由自在だ。

勃起を根元まで突き挿れると、逃げ場を失った華江の舌が包皮にからみつく。

「うっ」

ぷりっとペニスの先が爆ぜるような感覚があり、すぐに強烈な快感が襲ってきた。

包皮を脱いで、隠れていた亀頭が現れたのだ。

「んうぅッ、んふぅ、に……苦いぃ」

ずっと剝けなかったせいで、亀頭と包皮に堆積した少年の粘りつきを強制的に舐めさせられ、気位の高い若マダムの目に涙が浮かぶ。

「くうぅ、とんでもなく気持ちいいっ」

大人の恭介は、完全に露出して刺激に慣れた亀頭の感覚しか憶えていない。だから剝けたての敏感な粘膜が、唾液まみれの柔らかな舌で擦られるのは、想像を絶する快感だった。

「んひう、ああ……ふぅ、動かないで。食べさせないで……んああ」

前後に少し腰を振るだけで、少年の白く汚れた亀頭を味わう華江は鼻翼を歪ませ、唇を窄めて抵抗する。

「おおう……最高だ。この顔です。運転手さんのチ×ポをしゃぶってるときと同じだ。鼻の下を伸ばして、唇の裏まで見せつけて、ほっぺたをへこませて」

いつも恭介たち母娘に侮蔑の視線を向ける取りすました顔が、細身の小学生ペニスを咥えると、知性などかけらも感じさせない、淫らな印象になる。

「いいっ。めちゃくちゃに気持ちいい。このまま……出すっ」

射精するのに、腰のストロークを急ぐ必要すらない。

大人の恭介が忘れていた剝けたての亀頭冠から生まれる強烈な悦は、文字どおり三こすりだけで絶頂を呼ぶ。

「ああぁっ、噴くっ。イクぞ。俺が……華江様の口に種つけしてやるんだっ」

「んあうッ、いやあぁ」

毒々しいまでに赤かった口紅がほとんど剝げてしまった唇を、ぐっと押しひろげた瞬間に肉胴が震えた。

どくっ、どくり。

下半身の熱をすべて集めて、どろどろの白濁を人妻の口中に打ちこむ。

「んふ……んふうぅ」

華江が首を反らして逃げようとした。結って巻きあげた黒髪をぐしゃりとつかんで引き寄せる。

「おおう……まだ、まだ出るぅ。止まらない。小学生のチ×ポ、すごいぞ」

唇に肉茎の根元まで吸いこませても、まだ余裕がある。

幼茎のつけ根できゅっと縮んだ、小粒な肉クルミも、強引に唇を割って含ませる。

「んんふ、無理、んあう、おう……あふッ」

大人同士のフェラチオでは不可能な、陰茎だけでなく睾丸までも唇に押しこむ無茶な行為だ。男の性器をまるごと舐めさせるという支配の喜びは、さらなる快感と連続射精を生む。

「くううっ、華江様の口も、舌も、喉も……俺の精液でどろどろにしてやったぞっ」

勝利の雄叫びが音楽室に響く。

びちびちと跳ねる精子が、セレブママの食道に流れ落ちていく様子が目に浮かぶようだ。

「お……あ、苦い……熱いぃ」

恭介の少年精液はやがて胃で分解され、腸で吸収されて、高慢な人妻の血肉となるのだ。そう考えただけで、恭介の心は喜びに赤く染まっていく。

2

(なんて濃いの。喉が火傷してしまいそう)

最後の一滴まで唇で搾るように命じられ、鼻を摘まれた。逆らえずに華江は少年の精液をこく、こくと何十回にも分けて飲みほした。

(子供のくせに、どうしてこんな手練のサディストみたいなまねができるの……)

青草を漂白剤で煮つめたような、若い生命の匂いが喉から鼻に抜ける。

(ああ、呼吸するのもつらいわ……)

フェラチオは夫だけでなく愛人の教師や運転手にもしたことはある。

常に男性よりも優位に立ちたい華江には、媚を売るようであまり好きな行為ではない。けれど、ふだんは強がってストイックに振る舞う男性が顔をしかめ、快感を我慢しているのを眺めるのは別の面白さがあった。

しかし、望んでもいない相手、それも娘と同じ歳の子供に唇を犯されるのは、気位の高いセレブ妻にとって屈辱だった。

（いくら弱みを握られたからって……これ以上は絶対に許さないわ）

乱れたワンピースの裾に、点々と染みが散っていた。華江が唇から垂らした、唾液で薄めた子供精液の跡だ。

第二次性徴を迎えたばかりで、肉茎のサイズがいくら小さいからといっても、つるりとした小ぶりなダブルボールまで含まされて顎も限界だった。

尻もちをついた姿勢から立ちあがろうとすると、背後から恭介の手が伸びてきた。

「ひいっ」

巻きあげた髪を摘まんだ子供の指が、耳たぶをすっとなぞったのだ。背中がすっと寒くなる。性感帯の耳たぶをソフトに触られると弱いことは、夫すら知らない。

「若い頃から耳が敏感なんだ。じゃあ、こっちも……」

反対の手が、ノースリーブから無防備に剝き出しになっていた腋を撫でた。

「は……うッ」

緊張と屈辱にねっとりと汗ばんでいた湿地を触られてびくんと全身が震えた。

「腋からすごくきつい匂いがします。運動したあとみたいだ。精液を飲んで興奮したスケベな奥さんらしくて、すごく興奮する」

華江よりもずっと小柄な少年が、背後におぶさって囁く。

声質は子供なのに、口調はまるで大人、それも女の身体を扱うことに慣れた男のようだ。

「ふ……ふざけないで」

さらに恭介の唇が顎を伝い、深めの襟から露になっていた鎖骨の窪みに這う。

「ん……くうう」

淫らな鼻声を漏らしてしまった。その深い窪みも、若い愛人に触れられただけで濡れる、華江の悦楽スポットなのだ。

(どうしてなの。私の感じる場所を知っているみたいに)

床にぺたんと座ったまま、腰砕けになって立ちあがれない。

「まだ肌が若いんだな……つるつるだ。首もスケベ奥さんの味がする」

大人の男とは違う、関節のふくらみが少なく、皮膚の柔らかい指がからかうように耳たぶを揉み、背中のファスナーを下ろしていく。いやなのに抗う力が出ない。

「乳首だって、もうぷっくり大きくなってるんでしょう」

ファスナーを下ろしきると同時に、ブラジャーのホックをいとも簡単にはずされてしまった。乳房の重さで肩のストラップが緩む。

坊主頭で、陰毛すら生えていない小学生のくせに、女の服を脱がせる手順を心得ている。幾人もの男性に抱かれてきたが、こんなにスマートに剝かれたことはない。

「やめなさい。なにを……あぁッ」

背中の生地をひろげられ、ブラジャーのストラップを肩からはずされてしまった。

「もっと感じさせます。さっきの先生や運転手さんより、もっとね」

「なにを言い出すの、子供のくせに……あひぃッ」

愛人教師に抱かれる予定で身につけていたブラジャーは黒のレースだ。高価な下着ごと、乱暴にワンピースを脱がされた。

Eカップの乳房がぶるんと揺れ、全貌を現す。

「ははっ、見事なおっぱいを放り出してくれましたね」

若い頃からボリュームのある乳房は華江の自慢だった。出産を経てさらにふくらんだが、年齢に負けて垂れないように、月に二度のエステ通いは欠かさない。

それでも娘に吸われつづけて色濃くなった乳頭や、コインのサイズにまでひろがってしまったココア色の乳輪は直せない。

「つんつんにとがっていやらしい乳首だ。大粒の干しぶどうみたいなスケベ色で」

「いや……いやあッ、握らないでっ」

柔らかな乳肉を、背後から小さな手で揉まれる。

それは小学生が赤ん坊の頃を思い出して甘えるような手つきではない。

大人の男が、女体を玩弄する動きだ。

乳首を二本指で挟み、きゅっ、きゅっと引っぱる。

成熟した乳頭はすぐに反応し、じんじんと痺れるような快感を生む。

「ほら、乳首がだんだん勃ってきた。感じてるんでしょう?」

ずっと背中に抱きついている恭介の表情がわからないのが、よけいに不気味だ。

「は……うう、生意気……子供のくせにッ」

もはやただの筒になったワンピースが腰のくびれまで下りて、腕が自由になった。

腕を振りまわして恭介をたたこうとしたが、すぐに手首をつかまれて形勢逆転だ。

関節を逆向きに固められた。

「痛い、痛い……ああ、もう逆らわないから手を放してッ」

「乱暴な奥様だなあ。せっかく俺が感じさせてあげようっていうのに」

恭介は嘲り、華江が投げつけた娘のスクール水着を拾いあげると、ロープがわりに両手首をまとめて縛ってしまった。

「あ……うう」

背中できつく両腕を重ねて拘束され、左右の肩胛骨が内側に寄る。乳房を突き出して捧げるような、無様で苦しい姿勢だ。

汚れた上履きが、裸の肩をぐいと押す。

手を使えない華江はあっさりと床に転がってしまった。

吸音カーペットの繊維が網タイツ越しに太ももをくすぐる。

尻からまわった恭介の手が、ワンピースの裾にかかる。

「エッチな黒パンティの中身……見せてください」

「なにするのよ、クソガキッ。これ以上は、絶対だめッ」

セレブ妻がふだん口にするはずのない乱暴な言葉遣いで、下着に触られまいと脚をばたつかせる。クリーム色のEカップがぶるんと揺れた。

「おとなしくできないなら……ふふ、音楽室には楽しいものがいっぱいあるんです」

ずっと死角にいた恭介が正面にまわった。

娘の同級生は、シャツも脱いで全裸になっていた。

まだたくましさとは無縁の、柔らかなラインをした少年の骨格だ。その下腹には、アンバランスなほどに硬く育った牡肉があった。

(あんなに出したのに、もう勃っているなんて)

大人の常識が通用しない、若さの象徴だ。

「ああ……そんなに大きく」

先ほど口を犯されたときは勃起しても亀頭は包皮に隠れていた。

だが、今は包皮がマフラーのように裾に巻きつき、小粒なプラムを思わせる、艶やかな濃厚ピンクの亀頭が完全に露出している。

子供の象徴が、大人の武具に育ちつつあるのだ。まだ外の世界に慣れない尿道口や、肉兜の裾の未発達な反り返りがてらてらと光っている。

「華江様が唇で剝いてくれたんですよ。お礼を言わないとね」

小学生とは思えない不敵な笑みを浮かべて、転がった華江を見下ろしている。冷たい視線の恐ろしさに、華江は膝をぴたりと合わせ、下着を奪われまいと唇を嚙む。

「脱ぎたくないなら……こうです」

恭介が手に持っていたのは、じつに小学生らしいアイテムだった。

赤と青の円盤をゴム紐で結んだカスタネットだ。

「華江様が自分からパンティを脱がせてって頼むまで許しませんよ」

かわいらしいカスタネットが二個、華江の乳房に迫る。

「な……なにを。んッ、ん……あひッ、ぎいいいッ」

壮絶な痛みが両乳房に走った。

恭介が左右の乳房をカスタネットで挟み、強く握ったのだ。

「いひぃィ、痛い。ちぎれるぅ」

低学年でも扱える簡便な打楽器がもたらす痛みは、想像をはるかに超えていた。

カスタネットの片面には、音を出すための小さな突起がある。指先ほどの突起が、乳首をぎりぎりと噛みしめるのだ。

「ほらほら、僕は握っているだけですよ」

乳首を挟んだカスタネットを半回転される。

乳房の中で乳腺が焼かれるような、鋭い痛みに涙がこぼれる。

「ひいい、おっぱいが壊れるッ」

柔らかな指ではなく、硬い木に挟まれると、鋭い痛みに失禁してしまいそうだ。

「どうして……私、恭介くんにここまで恨まれる覚えはないのに……」

これまで「おまえ」や「大沢の息子」などと軽蔑を露に呼んでいた少年を、くんづけの名前で呼んで懐柔しようとする。

「今の華江様に覚えがなくても……俺には復讐する理由があるんです」

「なんのこと……私がなにをしたと言うの」

恭介はふと真面目な顔になったが、すぐに質問を無視して責めに戻る。

「まだパンティは脱ぎたくないんですね」

ぎりりと乳頭がねじられる。

「んひいいッ、おおおッ、お願い。乳首が切れちゃう。許してェ」

プレイとしてのＳＭチックな遊びは経験はあるが、加減を知らない小学生男子の容赦ない責めには耐えられない。

「ああ、やめて。もう……だめ。下着を脱がせてもいいから、おっぱいをこれ以上いじめないで」

懇願すると、ようやくカスタネットの圧力が緩んだ。

「脚をそろえるんです」

羞恥に全身を震わせる華江の下半身にまわると、すでに脱げかけていたワンピースの裾をつかんで引き抜く。

「ああ……」

上半身は裸で、下半身は過激な黒のビキニショーツと太ももの半ばまでの粗い網タイツという煽情的な姿だ。

ようやく解放された乳輪の縁に、カスタネットで挟まれた跡が残っていた。つぶされた乳頭は充血して、小指の先ほどにまで育っていた。

「次から逆らえないようにね」

恭介は再びカスタネットを乳首に寄せる。

「ああ、だめ。挟まないで」

「わかっています」

恭介は二枚の円盤を結んでいるゴム紐をねじると、小さな輪を乳頭に引っかけた。

「ヒイッ」

敏感になった乳粒をゴム紐で絞られる。疼痛が続き、華江はうっと鼻を鳴らす。

「いよいよ、若い華江様のオマ×コとこんにちはですね」

ショーツの左右に少年の指がかかり、ゆっくりと引き抜かれていく。

(ああ……ついに。悪魔みたいな危ない子供に、なにもかも見られてしまう)

濃いめの茂みが外気にさらされてそよぐ。

閉じた脚の間で、無防備な女の秘谷が震える。

「あ……あははっ」

突然、少年が甲高い声で笑い出した。

「華江様ったら……精液がそんなにおいしかった？」

目の前に突きつけらたのは奪われたばかりのショーツの裏地だった。

二重になったあて布に、べっとりと薄く白濁した牝の蜜がこびりついていた。湯気が立ちそうなほどねっとりとして、ムスクにも似た動物性の濃い匂いが漂う。

「い……いやああッ」

羞恥に喘ぐ顔を隠そうとしたが、背中で拘束された腕が軋むだけだ。

「パンティだけじゃない。オマ×コもぐっしょりですよ」

恭介が床に仰向けになった華江の、網タイツを履いた膝をかかえて、ぐっと開いた。

「ひ……ひいいっ、見ないで。こんなの……犯罪よ」

ためらう素振りもなく、開いた脚の間に上体を沈める。

身長が華江よりずっと低いから、もし服を着ていればまるで子供が母親に甘えているような体勢だ。

しかし、実際には同級生の母親を脅し、縛って強引に性器をあらためようとしている、異常な光景なのだ。

「ああ、毛が濃くて……薄紫のビラビラがぱっくり開いてる」

恭介の慇懃無礼な言葉遣いが羞恥を加速させる。

「う……くぅぅ」

唇を噛んで屈辱に耐えても、少年の指が陰裂を割ればびくりと肩が震えてしまう。

「ああ……奥からトロッと露が溢れてきました」

両手を合わせて、左右から肉唇を開かれる。

「ふうん。これが旦那さんのチ×ポをナマで受け止めて、赤ちゃんの利沙をひり出した華江様のオマ×コかあ……」

なんという下種な言いぐさだろう。恥ずかしさで頭がおかしくなりそうだ。

十本の指が、さらに傍若無人に振る舞う。

「ビラビラは雄鶏のとさかみたいで皺があるのに、内側はきれいなピンク色だ。この穴がさっきの先生を虜にしたんですか。確かめてみたいな」

そして、華江が恐れていた瞬間がやってきた。

「触ってるだけじゃ俺は気持ちよくないから……チ×ポで愉しませてもらいます」

少年の身体が、ゆっくりとずりあがってきた。

(剝けたての頃のチ×ポって、こんなに敏感だったのか。子供の頃だから、すっかり忘れていた。気持ちよすぎて、挿れただけで射精しそうだ)

3

恭介は慎重に腰を前進させる。

武器は、ぷっくりとふくらんだ紅い宝玉を戴いた牡槍だ。

「んーっ、んんッ」

抗う華江の脚を、ぐいっと持ちあげて、見事なV字を描かせる。

中心にあるのは複雑なかたちの陰裂だ。

(狭すぎる。こんなに狭い穴を、生意気な利沙が通ってきたんだ……)

利沙を産んだ膣口は、恭介が知っている四十五歳の熟女のものとは様子が違う。すべてのパーツが水気を含んでふっくらとしている。

「子供のくせに……なんて目をしているの。悪魔だわ」

後ろ手に縛られたまま、悔しそうに唇を噛む三十歳の人妻の全身を見下ろす。

女性の身体は不思議だ。

顔も首も腕も、そして腰から脚、つま先にいたるまで艶やかで、張りに富んだ肌をしている。乳房のまるみは母性の象徴だ。まんまるの尻肉は大人の男を虜にして、プライドなど捨てて頬ずりさせてしまう。

けれど男たちが最終目標にする女性器周辺の景色は、あまりにも生々しい。

三十歳の熟れ頃で、縁が薄紫に染まった陰唇の内側で、牛肉の赤身を思わせる膣口が深呼吸するようにゆっくりと開閉している。

指で花弁を開くと、とろりと透明な蜜がこぼれた。

「ああ、とってもいい眺めです。オマ×コが欲しがり涎を垂らしていますよ」

「くうぅ……大人を、ばかにして……ひどいわ」

(クリは十五年後と同じだな、厚い皮をかぶってるけど、ぷるんととがってる)

濃い縮れ毛を割った陰裂の端には、ぷっくりと目立つふくらみがある。

「あんッ」

指でそっと触れただけで、華江はやけにかわいい声を漏らした。

(面白い。十五年後よりも刺激に慣れてないみたいだ)

少年の中身は、何年も愛撫を命じられ、調教されてきた男だ。華江の性感帯については、本人よりも詳しい。

皮膚のフードを指で除けると、隠れていた縦長真珠がぷりっと現れた。

「あ……あん、なにするの……いや……変な感じ……」

先ほどまでの居丈高な態度とは大違いで、不安そうに声を震わせる。

(華江様はクリを剝いてから刺激されるのが好きなはずなのに)

頭を出した桃色の核からは強い牝の匂いがした。

「ねっとり汚れてる。あの先生はここを剝いてくれないんですか」

「剝くなんて。怖いわ……ああっ、スースーする」

意外だった。恭介を肉玩具として使いはじめた四十代の華江は常に真珠を直接刺激するように命じていたのに、目の前の三十歳の華江は唇をわななかせて怯えている。

「華江様はここを触られると、すぐに感じるはずですよ」

親指と中指で包皮を剝いたまま、人さし指で種子をちょんとつつく。

「あっはああッ、な……ああッ、ビリビリくるゥ」

恭介が予想もしていなかった絶叫だった。

真珠の頭を指の腹で撫でてやる。

「はうう、すごい……ッ、子供のくせに……こんなのはじめて。私、どうなってしまうの……」

拘束された裸体を弓なりに反らせ、びくん、びくんと踊る。

「あ……おおぅン、悔しい……子供の指で感じるなんて……ああんッ」

頭を左右に振っている。今までのような拒否ではなく、はじめての陰核悦に悶えているのだ。乳房が揺れて、両乳首にゴム紐でとめたカスタネットがカチンと鳴った。

(クリを直接刺激したのは俺が最初なのか)

新鮮な驚きだった。夢の中とはいえ、長年、恭介を人間扱いしてこなかった高慢な女主人を指一本で哭かせていると思うと痛快だ。

充血しきった宝石の下に、複雑に粘膜が重なった花が咲いていた。

「オマ×コがぱっくり開いていますよ。エッチだなあ」

真珠をいじりながら、もう片方の手で膣口の縁を撫でると、どっと花蜜が溢れて会陰を濡らして垂れていく。

「いや……言わないで。自分ではどうしようもないの……はああッ、いじめないでぇ……っ」

顔を紅潮させて唇を噛んでいる。

(おかしい。俺の知ってる華江様より、ずっと恥ずかしがり屋で……かわいいぞ)

亀頭を露出させた肉茎がびくんと跳ねる。

赤く腫れた肉唇に花蜜をまぶして指を滑らせると、ついに華江は観念して大きく脚を開いた。網タイツに包まれた太ももは汗ばんでいる。つま先をまるめて膝を開いた、男にすべてをさらした服従のポーズだ。

「オマ×コの中もいじってあげようと思ったけど、やめておきます」

「は……ああん」

華江の顔に落胆が走った。

（すっかり俺の指の虜じゃないか。目を潤ませて、乳首を勃たせて）

「そのかわり……」

恭介は腰を沈めた。幼茎と呼ぶにはたくましすぎる、弓なりに育った牡肉の先端を膣口に当ててやる。

「ああ……はああッ、私、犯されるのね。小学生の男子に……恭介くんに犯されてしまうのね……うう」

悲痛な声だが、決して脚を閉じようとはしない。身体が快楽を求めているのだ。

「そうです。犯しますっ」

ずぶ……ずぶり。

十代の若さで歳の離れた資産家に見初められ、利沙を産んだ母の膣口。そこに陰毛すら生えていない少年の勃起が吸いこまれていく。

「は……おうぅ」

熟した膣壁は、予想以上の熱さだった。

(チ×ポが蕩けそうだ)

襞の重なりに迎えられた恭介の先端から、とろりと先走りの露が漏れると、膣肉のざらつきがうれしそうに震える。

「はっ……ああっ、入ってくるぅ」

カチン、カチン。

まだ幼茎は半ばまでしか埋まっていないのに、華江が悶えて乳房のカスタネットが鳴った。

膣道に刻まれた無数の段差が亀頭冠にからんで、肉茎が引き抜かれそうな快感が途切れずに続く。

(これが、華江様のナマの穴……とろとろで、痺れるみたいに気持ちいいぞ)

恭介が記憶している、厚い避妊具越しに挿入した四十五歳の熟膣とはまったく触感が違う。処女を奪ったばかりの、娘の利沙の未成熟な硬さもない。

(具合がいいオマ×コとか、名器ってこういうものか)

さらに侵入する。竿が根元まで花弁に埋まる。大人だった恭介の性器は長すぎて、最後まで挿入できたことはない。

「ああ……チ×ポがぜんぶ、オマ×コに包まれてる」

正常位でつながった恭介の腰や下腹と、華江が開いた太ももが密着して、茂みがざらつくのも心地がよい。

「ん……ああっ、深いとこ……はあはッ」

コリッとした粘膜が亀頭に触れる。利沙を育てた子宮の丸扉だ。

性感の生まれるポイントだが、同時に鋭敏すぎることも恭介は知っている。

「華江様は深い場所を無理に突かれるより……これが好きでしょう？」

腰をむやみに動かすのではなく、浅瀬に亀頭の縁を当てて小刻みに動かす。

「は……あうッ、嘘……変になるっ。ひッ、ひいいン、すごいわッ、ああ……子供のくせに、どうして女の身体に詳しいのぉ」

亀頭でリング状の子宮口をからかってやると、音楽室の吸音材すら役にたたないほどの嬌声をあげた。

クリトリスに添えた指も加勢する。

「おおン、おかしくなる……怖い。私……どうなっちゃうのッ」

獣がうなるように喘ぐ姿ははじめて見た。腰をまわして子宮口をくすぐるペースと、充血した桃色真珠を撫でるリズムを合わせてやる。

ひたん、ひたん。カチン、カチンッ。

激しく悶えるせいで豊かな乳房が揺れ、乳首に結んだカスタネットがわずかに遅れて淫らな演奏をはじめる。反応のよい女体は最高の楽器だ。

「あおおおッ、だめ。激しいのはだめぇ。はっひッ、ひぃい……だめェッ」

セットした髪を振り乱し、汗まみれの喉をひくつかせている。

膣口がびくんと収縮し、恭介の牡竿を抱きしめる。大人の肉茎だったら痛いほどの締めつけだろうが、細身の幼茎にはぴったりの、最高の圧力だった。

(この反応……もう少しでイクな)

肉玩具だった頃は射精することもなく、このまま小刻みな動きを続けて華江を絶頂させるのが役目だった。

この世界では違う。自分の射精欲求を満たすために華江の身体を使えるのだ。

「まだまだ。俺がイクのが先ですよっ」

恭介はかたわらに放り出してあったワンピースをまるめると、正常位で貫いた華江の細腰の下に突っこんだ。

「あ……ああっ、深いッ」

斜め上から挿入されるのは慣れていないようだ。新鮮な快感に大きく目を開き、半開きの唇を濡れ光る舌で舐める。

(こんなにスケベな顔をするなんて……ううっ、視姦だけで射精しそうだ)

まるめた服で尻を浮かせた理由は他にもある。

「もっと……華江様の感じる場所は他にもありますよね」

肉茎で膣道を満たし、指で真珠をこりこりとつぶしながら、恭介の残る片手は二人の結合部へと向かう。

(俺が知ってる、華江様の弱点はもうひとつあるんだ)

とろとろに濡れた膣穴から会陰をなぞり、尻の谷にひっそりと隠れていた窄まりに触れる。

「はッ、ええ……ああっ、いやだわッ」

乾いているはずの放射状の皺。その奥まで、すでに女の泉から溢れた花蜜で濡れていた。潤滑剤など必要ない。

つぷぅ。

少年の人さし指が、人妻の第三の穴に潜りこむ。

「だめ……はひいぃッ、汚いわ。恥ずかしいところなのぉ……はあぁっ」

驚愕と怯えに顔をしかめ、頭を振って拒否してくる。

「ひいぃッ、そんな……誰にも触られたことのない場所なのにぃ……」

(四十五歳の華江様はアナル専用のディルドゥやバイブまで持っていたのに
意外にも三十歳の華江の肛肉は処女地だったようだ。

記憶にある、性感帯として熟れた肛肉よりも粘膜に新鮮な硬さがある。

指を少し戻し、花蜜をまつわりつかせてから再び埋める。

(入り口はきついのに、中はひんやりして柔らかいんだな)

指をまわしながら、ゆっくりと埋める。

「ふ……ああッ、指が簡単に入っちゃうなんて。くうぅ、だめ……」

腸内を指で探りつづけると、腸壁越しに膣内に埋まっている肉茎の位置がわかるポイントがあった。指を軽く曲げて、亀頭の裾と思われるふくらみを押してみる。

「あうっ」

ずんと重い悦が肉茎を走った。

「うう、チ×ポが気持ちいいっ」

膣穴と排泄穴を隔てる柔肉のカーテンを使った膣内ピストンは、経験したことのない快感をもたらしてくれる。

腸襞を撫でると、連動するように隣の膣肉がざわめいた。

「はあんッ、恭介くぅん……おチ×ポ……硬いぃ」

はじめて聞く、華江の甘え声だ。

「ああん、私……淫らな女なのかしら……お尻が……ああっ、変な感じになる。いやがらなくちゃいけないのに……ああン」

最初は怯えたように頑なだった肛門の肉リングがきゅんきゅんと収縮し、恭介の指を締めつけてくる。

「は……ふぅうッ、お尻が気持ちいいなんて……私、いけない女かしら……」

「いいんですよ。華江様の身体……お尻も感じるようにできてるんです。他の男性の前ではこんなに乱れないんですか」

「ああッ、主人はめったに抱いてくれないし、他の男性も、感じさせてはくれなくて……はんッ」

カチン、カチンッ。

カスタネットで飾られた乳房が大きく跳ね、互いにぶつかって芳醇な香りのする汗の粒を飛散させた。

気品と高慢を象徴する高い鼻梁が汗で光り、鼻孔を情けなく開いて苦しそうに喘いでいる。たまらなく刺激的な表情だ。

「華江様の顔……とってもエッチですよ」

「ああ……だめ。いやらしく乱れてるのに『様』って呼ばれるの、いやなの……」

「じゃあ……これからは『華江』って呼び捨てにしますよ。ああ……呼び名が変わっただけでオマ×コがキュッと締まった」

恭介は射精するために、わがままに犯すつもりだった。それなのに今は華江の反応を楽しむようになっている。

(復讐どころじゃない。華江の身体を忘れられなくなる)

膣口と肛肉を収縮させる8の字の肉リングが、膣道の若竿と腸内の指を咀嚼(そしゃく)するようにもぐもぐと動いている。おいしい、おいしいという粘膜の喜悦が花蜜に変わってたらたらと漏れてくる。

「華江の穴は、オマ×コも、口も……お尻もぜんぶ、どスケベです」

陰核をつぶす指は休めない。腰を送ってペニスで子宮口をくすぐり、腸内で指をフックにして肉茎のストロークを助ける。

ぬちゃっ、ずちゅっ。

激しいピストンではないのに、膣襞が震えて、膣内を温める花蜜が水音を立てる。

「んくぅ……私……ああ、どスケベな身体で……はああッ、よかった……んんッ」

呆けた顔で、二穴を穿たれる悦に溺れている。

「舌を出してハァハァ言って……お尻を振るなんて。華江は牝犬なんですね」

なじっても、もう華江は怒りの表情を浮かべない。

「んはああッ、恥ずかしい。恥ずかしいのに……止まらないのぉ。ワンちゃんになっちゃう……」

四十五歳の華江は二十七歳の恭介を「犬」と呼んでいたのに、まるで立場が逆だ。

「犬には……犬らしくしてもらいます」

恭介は両手を使った愛撫を止め、指を戻した。

「ああん……抜けちゃったぁ……」

敏感な種子と、羞恥の穴から指を失った華江はくぅん……とせつなげに鳴いた。

腰のくびれをつかんでぐっと引き起こす。

「ほら、お尻を向けて。ワンちゃんの交尾のはじまりです」

「あァ……こ、交尾ィ……」

蕩けた表情のセレブ妻が、うれしそうに涎を垂らした。

4

（変なの。ずいぶん静かなのね……）

まだ午前の授業時間なのに、新校舎には人の気配がない。

利沙はランドセルを片手に提げて廊下を進む。

窓からさす陽の光が、真新しい白い壁に反射して明るいのに、誰の声もしない校舎は異世界のようでなんだか不安になる。

まだ汚れていない新築の階段に、上履きのぱたぱたという音が響く。

（音楽室の鍵、開いてるといいなあ……）

先生が体調を崩したせいで急に自習になった。利沙は音楽室にピアノの教則本を忘れたことを思い出し、教室を抜け出したのだ。

もうすぐ年に一度の、ピアノ教室の発表会がある。グランドピアノはメーカーや機種によって癖が違う。発表会のホールと音楽室のピアノは同じモデルなので、放課後、空いた時間に使わせてもらった。そのとき利沙が大事な教則本を置いたままにしてしまった。教則本は、利沙の日記やメモがわりでもあった。

「つらい」とか「連弾きらい」などと、ふだんは内緒にしている弱音もたくさん書きこんであるのだ。中には「恭介・情けないとこがだめ」「昔はもっとかっこよかったのに」なんて恥ずかしい落書もある。

（他の人に見られたくないもん）

音楽室についた。

（授業中だったら、怒られちゃう）

ドアは防音で窓もない。耳をドアにくっつけても、教室の音は聞こえない。

ほんの少し力を入れて、一センチずつドアを開く。

聞こえてきたのは、カチン、カチンというカスタネットの音だった。

一定しない不思議なリズムだ。よほど下手な児童が練習しているのだろうか。

カスタネットといっしょに、ぱちん、ぱちんという拍手のような音も聞こえる。

「はッ、ひン、あうッ」

さらに女性のすすり泣く声は重なる。音楽の授業とは思えない。

（誰かが……ぶたれて、いじめられてる？）

さらに少し、ドアを開く。

「あッ、ああ……後ろからされるの、恥ずかしいのに……声が……はあぁッ」

ちゅっく、ちゅっくとスポンジで泡を作るみたいな音が聞こえた。

「お尻の穴がぱくぱくしてる。指が一本じゃ足りないって言ってるみたいだ」

（お尻の穴……なんの話をしているの？）

利沙は不穏な会話に聞き耳を立てる。

「んはああッ、かきまぜないで。ああ……イッちゃう。このままだと……お尻にされながら……イッちゃうぅッ」

絶叫が廊下にまで響く。

（大人の女の人……いやらしい悲鳴）

体育倉庫で恭介に犯されたときを思い出す。

敏感なとんがりを吸われて、おしっこを漏らすほど気持ちよかった。破瓜の痛みよりも、恭介の舌が与えてくれた快感のほうが印象に残っている。

（あのときの……あたしの気持ちいい声に似てる）

ずくん。

身体の芯が熱くなる。お腹の奥、恭介に貫かれた女の子の大事な穴。その奥にあるなんだかもやもやした器官が痺れている。

（おかしいの。変だよぉ……）

今日は暑かったからデニムのショートパンツを穿いている。脚の間に生地が食いこんで、お漏らしをしたみたいに生ぬるい。

「発情ワンちゃんを、もっと踊らせてあげる」

もうひとりの声がした。少年のようだ。

(この声……恭介に似てる)

「んくッ、あぁん……イキそうになるとやめるなんて、いじわる……」

「教えたでしょう？　イキたくなったらなんて言うのか」

「あぁ……ワンッ、イキたいです……ワンッ」

いじめられ、犬の鳴きまねをする女性の声も聞き覚えがある。

「PTA会長がこんなに淫乱だなんて。誰も知らないんですね」

その言葉に確信した。

(もうひとりは……ママ？)

足下がぐらぐらと崩れたように脚がふらつく。

昨晩、股間を切られたスクール水着を捨てる現場を母に見つかった。

(ママが恭介にひどいことをされてる……)

問いつめられた利沙は「恭介とけんかをして水着を切られた」とだけ母に伝えた。

華江はまっ赤になって怒り、学校に言って恭介を直接叱るのだと言い出した。利沙は止めなかった。体育倉庫で処女を散らされ、恥ずかしい泣き顔を見られたのが悔しかったからだ。

恭介が華江に怒られてしゅんとすればいい。その程度の考えだったのだ。けれど、事態は利沙の予想をはるかに超えていた。

（ママが怒るのならわかる。どうして、恭介がママをいじめてるの）

頭が混乱して、知恵熱が出てしまいそうだ。

音楽室の中を確かめたい。

ドアを押して隙間をひろげ、顔を寄せる。

「ああ、お願い。身体がきついの。腕を……解いて」

母が懇願している。

助けなければ。

利沙は唇を噛む。

「また暴れるつもりなんじゃありませんか」

「ばか……暴れるとしたら、もっと気持ちよくなりたいから……はあァッ、言わせないで。恥ずかしいっ」

甘えた声だった。

プライドが高く、厳しい母が、小学生の恭介に媚びている。意味がわからない。

(ええっ)

ドアをさらに押す。隙間から湿った熱気が流れてきた。

「……うそっ」

利沙は信じられない光景を目にした。恭介と母が裸で重なっている。母は肩と乳房を床に押しつけ、うつ伏せになってお尻をあげていた。

「お願い。肩がつらくて、イキそうでイケないのぉ……ワン、ワンッ」

背中に重ねた両腕を、紺色の布で縛られている。切られて台なしになった利沙のスクール水着だ。

(ひどい。恭介がママを縛って、無理やり恥ずかしい姿勢にしているんだ)

網タイツを履いた脚の後ろに、恭介が膝立ちになって腰を振っていた。

「ううっ、絞まる……華江のイキ顔、見せてもらいますね」

いつもどおりの「華江様」ではなく、目上の母を呼び捨てにして、恭介は華江の腕を縛った水着の拘束を解く。

「ああ……いいわ。おチ×ポが……はああ、暴れてる……ワンッ」

腕が自由になっても華江は逃げたり反抗したりはしなかった。

手を前に伸ばして犬が伸びをするポーズになり、尻を後方に突き出して恭介にぶつけはじめたのだ。

(ママがいじめられてるんじゃないの？　喜んでる……まさか)

恭介も応えるように腰を前後させる。

「ううっ、襞が波打ってる。チ×ポが呑みこまれるっ」

「恭介……嘘っ」

思わず独り言が漏れる。

(あたしだけじゃない。ママにもチ×チンを挿れてるの？)

恭介は自分にだけ執着していると信じていた利沙は、呼吸も忘れる。

さらにドアの隙間をひろげた。

華江が高く持ちあげたヒップを穿つように、てらてら光る牡茎が前後していた。

「ああんっ、恭介くんの……熱い。コリコリして……素敵」

(入ってる。ママの中に……恭介のチ×チンがずぶって入ってる)

実の母を、同級生の少年が獣の交尾のかたちで翻弄している。

恭介の右手が双丘の谷間でゆっくりと回転する。

「華江のお尻の中も、熱くなってきた。気持ちいいんでしょう？」

「ふ……ああ、だんだん……くううッ、恥ずかしいけれど、さっきより……んふぅ、いいのぉ……ワ、ワンッ」

（お尻……ママのお尻の穴をいじってる！）

プライドが高く、しっかりした母が、同級生に排泄の穴をいじられているのだ。

だが利沙にとってショックなのは、母がそれをいやがっている様子がないことだ。

（どうしてママは痛くないの？　チ×チンを挿れられて、同時にお尻をいじられたら、あたしなら泣いちゃうよ）

混乱する利沙をよそに、音楽室の床では汗で肌を光らせた男女がからみつづける。

「うう、華江のオマ×コはなんて欲張りなんだ」

「ああん……ごめんなさい。気持ちいいのが好きで……ごめんなさい……あうン、イキそうなの。生まれてはじめて、中に挿れられて……勝手にイキそうなのッ」

四つん這いで受け止める母の脚の間から、淫らな水音が大きくなった。

（ママ……気持ちいいの？　チ×チンって……大人になると気持ちよくなるの？）

もやもやした気持ちがふくらんでいく。

（おしっこの穴のまわりが熱い。あたし、お漏らしなんて、してないよね……）

防音ドアを支えながら、片手を下ろしてショートパンツのボタンをはずす。ブルーのハートが散らされたショーツの前面に指を当てる。

確かめたいエリアには届かなくて、ファスナーも下ろした。

（あったかい……）

指をさらに進める。生地一枚の向こうに、敏感なとんがりを見つけた。

「ん……っ」

ピアノの鍵盤をたたくように、ピンと張りつめた快感が骨盤の内側に反響した。

思わず目をつぶってしまう。

（なに……これ）

利沙の身体が変わっていた。

せつないとか、疼くとか、もどかしいという単語を、まだ国語で習ってはいない。

雨が降る寸前の曇り空のように、じっとりと重い湿気が下半身を支配している。

学校の廊下でママの秘密をのぞいているのに、とんがりいじりが止まらない。

（ママみたいになりたい。「気持ちいいよう」って叫んでみたい）

ショーツの脇から指をさしこんで深呼吸。

音楽室をのぞく。

カチン、カチン。

廊下で聞いた打音が、母の身体の下から聞こえた。美しいセレブ母が常々自慢にしている豊かな乳房。その先端の乳首に、二個のカスタネットが吊されているのだ。

恭介が後方から突くたびに乳房が揺れ、カスタネットが鳴る。

「ああうッ、ひ……あああッ、我慢できないの。私だけ先で……イキます。ワンッ、ひとりで先にイッちゃう、悪い牝犬でごめんなさい……ワンッ、ああ……ッ」

「くうっ、わがままな奥さんだ。ほら……イケっ、イッちゃえっ」

カチン、カチンとカスタネットを打ち鳴らすリズムが速くなり、母の顔が、好物のフルーツガレットを食べるときより、もっと甘く蕩けていく。

（ママ……ひどいよ。恭介も……ひどいよ）

利沙の指は、じっとりと湿った無毛の割れ目に埋まっている。

ちゅく、ちゅくとかわいらしい水音が無人の廊下に響く。

中腰の脚が震えて、デニムのショートパンツは太ももの半ばで下りてしまった。

（どうしてはじめてのときは痛かったのに、触るとこんなに気持ちいいの）

思い当たる理由はひとつしかない。

（チ×チンを挿れられたから、あたし、大人になっちゃったの……？）

痛かったはずの膣口が、そうだよと答えるようにひくついた。

ショーツの脇から膣口に埋めた中指は、もう第二関節まで入っている。

恭介に貫かれたばかりの幼膣が、じくじくと濡れて下着を汚していく。

気持ちいいのに、気持ちは満たされない。

恭介に処女を破られた帰り、公衆トイレでたまらずに自慰をしたとき、利沙の膣口が指では物足りないと訴えてきた。そのもどかしさがどんどん大きくなる。

（指じゃないの。指じゃなくて……もっと、あったかいのが欲しい。チ×チンなら気持ちよくなれるかも……）

利沙の視線の先では、母の嬌声が音楽室の壁を震わせている。

「あああッ、すごいのきてる。イクの。熱いのきちゃう。欲しい。気持ちいいのが欲しいの……あおおおッ」

「くうっ、オマ×コに包まれる。ＰＴＡ会長でセレブな奥様がこんなエロマ×コを隠してたなんて。俺が……チ×ポでおしおきしてやるっ」

「はあぁッ、犬だからおしおき好きぃッ。イキます。イクのぉッ……」

（ママ……あたしのために恭介を叱ってくれるどころか、あたしだけを置いてきぼりにして「イク」を恭介といっしょに楽しんでる）

利沙は右手で女の子の場所をいじめながら、防音ドアを支えた手の拳をぎゅっと握りしめる。手のひらに爪が食いこむ。

（ずるい。ずるい。ママも恭介も……ずるい）

利沙だって「イク」を知りたいのだ。

「おおおおうッ、ああ……イクのおッ、ああ……牝犬になって……ワンッ、イキます、イクゥ……ン。ああ、ああ……」

びくん、びくんと全身を震わせて、華江が仰け反った。

（許さない。恭介もママも……あたしに秘密を作って、許せない）

母の姿をドアの隙間からのぞく利沙は、全身の震えが止まらない。

（あたしだって……チ×チンで「イク」になりたい）

ショートパンツの中はじゅくじゅくに湿り、パッドつきのジュニアブラの内側では充血した乳首がひりひりと痛む。

「あっ」

室内に集中するあまり、利沙はドアに体重をかけすぎていた。

音もなくドアが一気に開いた。

「ひゃんっ」

足首まで下がっていたショートパンツが足かせになって、バランスを失った利沙は、音楽室の床に尻もちをついてしまった。

「うわっ、利沙がどうしてここに」

「利沙ちゃん、なにしてるの……」

驚きの声をあげた二人が慌てて離れる。

足首だけがショートパンツで固定されている。膝を外に向かって開く、内ももを伸ばす柔軟体操みたいなポーズだ。右手はハート柄のショーツの脇に深くさしこんだままだ。エッチな遊びをしていたのはひと目でわかるはず。

母親と、母を犯す少年に向けてさらしたクロッチに、ひし形の染みができている。

ツインテールの髪が顔にかかって、唇にくっついている。けれど、興奮でまっ赤になった顔は隠せない。恥ずかしさなど通り越して、頭の中がまっ白になる。

「うう……だって」

への字に結んでいた唇が震える。

「ママも恭介もずるいよ。あたしを放っておいて、二人で気持ちよくなるなんて」

涙ぐんだ瞳は、母の花蜜で濡れ光る、同級生の肉茎に向けられていた。

第五章　倒錯の母娘連姦──恥辱の穴くらべ

1

（夢みたいだ……じゃなくて、夢の中だから、自由に動けたんだ）

防音ドアの内鍵をかけて振り返ると、二つの尻山が揺れていた。

熟れた女のフェロモンを放つ逆ハート形のヒップは華江のものだ。

「ああ……せつないの。もう少しでイケそうだったのに。はじめて……男性に挿れられてイケそうなんです。恭介くん、はやく、さっきの続きを……ッ」

気品溢れる三十歳のＰＴＡ会長とは思えない、蕩けきった瞳で恭介を誘う。

ぷっくりと柔らかそうな、半開きの唇を舌で濡らす。乳首から垂れ下がったカスタネットが、エキゾチックな砂漠の踊り子のようだ。

ところどころ網が切れてしまったタイツが淫らだ。開きぎみにした脚の奥で漆黒の茂みが逆立っている。充血してぱっくり割れた陰唇の中で、濃い赤に染まった襞が、飢えて薄濁りの涎を垂らしているのがまる見えだ。

迫力のある人妻の尻が大輪のバラなら、その隣で震える膝に力を入れている、もうひとつの尻は、白くて可憐なスズランだ。

軟式のテニスボールを左右にくっつけたような、そっけないまるみだ。

脚を閉じていているのに十二歳の尻肉は脂肪が少なくて、羽化したての蝶の羽根のように頼りない淡桃色の薄羽や、その上で恥ずかしそうに窄まった薄茶のちび穴を隠せてはいない。

女の身体は全裸よりも、少しアクセサリーがあるほうが淫らだ。

華江の網タイツでそれを知った恭介は、裸の利沙にも変態的なアイテムを加えた。

四つん這いで尻をぎこちなくまわす利沙は、赤いランドセルを背負っている。

黄色いビニールの「交通安全」と書かれたフラップのカバーが、禁断の小学生姦の興奮をさらに増してくれる。

「うう……恭介に……チ×チンを挿れられてから、あたしの身体……おかしくなっちやったの。だから……ママより先に、あたしに、エッチなことをして」

恭介の人生が暗転した、女子トイレでの射精強要。汚物を見るように見下してきた利沙の顔は、ずっとトラウマになっていた。

そんなクラスの女王様が、すねたように唇をとがらせ、小粒な真珠を思わせる前歯をのぞかせて、はぁん……と発情のため息を漏らしている。

成長期の細すぎる腕で上体を支えているから、ランドセルの脇で肩胛骨が盛りあがっている。きめの細かいすべすべの背中。赤いランドセルを背負った天使だ。

十二歳の少女は、すでに男、少なくとも恭介が自分の尻に惹かれるのを知っている。

四つん這いのまま、ぎこちなく尻を振るたびに、ツインテールの黒髪も揺れる。

グランドピアノが置かれたステージに這った、二匹の美しい母娘が、それぞれ違う発情の香りを放って尻を振る。

夢のような、いや夢の中だからこそ可能な、淫らな連弾だ。

(さっきは修羅場だったのにな)

華江を後背位で貫いて、いよいよフィニッシュというタイミングだった。

誤って開けたドアから転がり入ってしまった利沙は、恥ずかしさをごまかすように母をなじったのだ。

「ママはずるい。あたしには恭介を叱るって言って、内緒で気持ちよくしてもらうなんて。あたしだって、ママといっしょで、チ×チンを挿れられたいのに」

小学生との禁断の行為を娘に目撃された母の華江は混乱していた。

「嘘でしょう？　利沙ちゃんは水着を切られたってママに言ったのに。だ……だめよ。小学生同士なんて。忘れなさい。みんな……」

「イヤ。だって……ママよりもずっとあたしのほうが恭介とエッチなことをしたいんだもの。きっと、恭介だって……」

言い出したら聞かないのは母娘の遺伝らしい。

当事者の恭介を置いてきぼりにした母娘げんかのすえ、埒が明かないとばかりに利沙もまた、母に対抗するように服を脱ぎ捨てたのだ。

二人に屈辱的な発情ポーズを命じたのは恭介だが、育ちのよい母娘が、ここまでの痴態をさらすとは思わなかった。

母娘が競うように恭介の前で性器を見せつけている。ステージに置かれたグランドピアノの側板にも二人の痴態が映っている。

「早くあたしに決めてぇ。恭介と同じ歳だから、あたしの中……きっとぴったりで気持ちいいよ。それに……もう、痛くない気がするの」

利沙は後背位で突かれる姿をイメージさせようと、懸命に尻を前後させる。革のランドセルのベルトが透明感のある肌で滑ってきゅっと鳴る。

「ああん、だめよ……私の中、とても恭介くんを喜ばせたでしょう。ほら……もうとろとろなの。いっしょに……イキましょう」

絶頂の寸前でペニスを抜かれてしまった母の華江は、娘の前でも構わずに発情のクリームを垂らす熟れた洞門を震わせて誘う。そのすぐ上ではココア色の窄まりが、おちょぼ口をとがらせる。

乳首にゴムで結ばれたカスタネットがカチンと鳴った。

(こんなにきれいな母娘からエッチに誘ってもらえるなんて)

華江の膣道で茹でられて、ねっとりと花蜜をまつわりつかせた肉茎に、再び力がみなぎってくる。

(華江様……いや、華江はすごく素直で色っぽい。利沙は子供なのに無理しちゃって……健気でかわいい。選べないよ。どちらも抱きしめたい)

情に流されて、やさしい言葉をかけそうになる。

(いや、違うぞっ。落ち着け……俺っ)

夢から覚めれば、まったく逆の現実が待ち構えているはずだ。

（俺の前にいる二人は幻影だ）

本物の、四十五歳で未亡人の華江は恭介を肉玩具として使うだけだ。新婚で二十七歳の利沙は小学校六年のときから自分を「お漏らし恭介」と蔑称で呼びつづけ、恭介をいじめてストレスを解消するはずだ。目の前で恭介を誘惑する母娘は、自分に都合がよい架空の存在なのだ。

（やってやる。現実に戻って、二人から肉バイブ扱いされても悔いがないくらい、滅茶苦茶にしてやる）

陰惨な欲求が、かりそめの小学生の肉体を黒く染めていく。

（俺が……二人を好き放題に使ってやるんだ）

恭介はぶるりと肉茎を振り立てる。

目の前に並んだの二つの洞窟。

しかも片方は、残る片方の膣道を通ってこの世に生を受けたのだ。

母の前で娘を犯すのも、娘の前で母を貫くのもたまらなく倒錯的だ。

恭介は選んだ。

「決まったぞ」

尻を選んで、背後に立つ。

「ほら……オマ×コを開いて。挿れてほしい穴を指でぱっくり割って、チ×チンを誘うんだ」

「あ……うう」

桜貝のような爪まで花蜜で濡らした指が、尻肉をかき分ける。

桃色の中身を見せつける恥ずかしさに、細い指が震えているのも、男にとってはご馳走だ。

ぐっと開いた神秘の渓谷は、ねっとりした清水に覆われている。

「それ……挿れてやるっ」

包皮が剝けて大人になったペニスを、ぬぷりと湿った粘膜の扉に当てた。

「あっ……ああ……っ」

ソプラノの甘い悲鳴と、亀頭冠に当たる極薄の膣口がなんとも心地よい。

ずっ……ぶぅぅ。

濡れそぼった膣肉が、猛った牡を歓迎してくれる。

「は……あああっ。太い。熱いよぉ」

肉茎をごりごりと押しこむ。反り返った肉兜の裾が、強烈に締めつけてくる膣壁を削る音が聞こえてきそうだ。

「あは……あ、はじめてのときと違う。痛くないの。それよりも……んはあっ、くすぐったいみたいで笑っちゃう……」

四つん這いで貫かれる利沙の背中で、赤いランドセルが揺れる。防犯ブザーについたかわいらしいキーホルダーがカチャカチャと鳴る。

布製のケースに入ったリコーダーがランドセルに収まりきらず、フラップの端から角のように突き出していた。

「く……悔しいッ」

選ばれなかった母は唇を嚙み、後背位で娘を犯す恭介を恨めしそうに見あげる。

「うう……恭介くんったら、さっきはあんなに激しくしてくれたのに……」

ところどころ裂けた黒い網タイツ越しの内ももは、肉唇から垂れた花蜜で濡れ光っている。

（母親がオマ×コから汁を垂れ流せば、娘は小学生なのに腰を振りはじめた。折れそうなくらい、チ×ポがぎゅうぎゅう絞られてるっ）

這って近寄ってきた実母に、利沙が顔を向ける。

「あーんっ、ママ……すごいの。気持ちいいよぉ」

それは母への報告ではなく、女としての勝利宣言だった。

「くうっ、きゅんきゅん絞めつけて……二度目のエッチなのに、なんていやらしい穴なんだ」

亀頭冠で膣道の奥をノックする。

「は……きいっ、なんか……当たってるぅ」

まだ妊娠できない幼い子宮が突然の来訪者に怯えたように、硬く子宮口を閉ざす。

ごく小さな窪みに、先走りの露をまぶしてやる。

「はあんっ、いやっ……なに。どうなってるの。あーん、チ×チンがお腹の中で暴れてるよぉ」

「ああ……利沙ちゃんの中に、恭介くんのが……根元まで入って……信じられない」

獣の交尾のポーズで母娘が並んで顔を見合わせる。

華江はついに片腕で上体を支えたまま、もう片方の手を股間に持っていく。

同じ六年生に犯される一人娘の前で、母が自慰をはじめたのだ。

「だめ……こんなのだめなのに。我慢が……ああ、できないの。んくッ、利沙ちゃん……ママを見ないでェ」

利沙の花蜜はさらさらしているから、ストロークのたびに男女の結合部からはくっちゅ、くっちゅと軽い音が聞こえる。

一方、女として成熟した母が指遊びをする股間からは、にっちゃ、にっちゃと粘っこい蜜音が漏れてくる。

母の視線を浴びるたびに、娘の膣口が収縮して若い牡幹の根元を咥えたまま逃さない。青い果実のように硬い子宮口で、剝き出しの亀頭を喜ばせてくれる。

「うう……子供のくせに。華江に見られると利沙が興奮するみたいだ。スケベなオマ×コは遺伝だね」

「わかんない。ああんっ、あたしの身体、どうかしちゃってるよぉ」

処女喪失ではひと突きするたびに涙を浮かべて痛みを訴えていた利沙が、今は抽送を受け入れて悶えている。

(最高だ。俺のチ×ポで、利沙を飼いならして……犬にしてやるんだ)

快哉がそのまま快感に変わり、肉茎に力が満ちる。

膣道の中で吠える牡の剛直が、幼い膣肉を軋ませながら、未熟な子袋を変形させていく。

2

「利沙、ママが寂しそうだから、手伝ってあげよう。華江は仰向けになって」

華江の尻を軽くたたいて裏返しにさせる。

大股開きになった華江の股間では、マニキュアを塗った指が、鶏冠のような陰唇を割ってくちくちと蜜壺をこねていた。

「華江は指じゃ足りないだろうからね」

恭介は利沙が背負ったランドセルのフラップを開け、同時にずんと深く突く。

「んあっ」

きれいにビニールカバーのかかった教科書や、板書を丁寧に書き取ったノートが滑り落ちて散らばる。

布の袋からソプラノリコーダーを抜いた。

「ああん……恭介ったら、なにするのぉ」

クリーム色の吹き口は、何年も使ったせいで利沙のかわいらしい前歯の傷が残り、少女好きにはフェティシュなアイテムなのもうなずける。

「ママのオマ×コで演奏だ」

半月状の吹き口を、自慰の指が割った華江の陰裂に当てる。

「ひ……ひいっ」

冷たい樹脂製の異物を当てられて、華江が甘い悲鳴をあげた。

「娘のリコーダーで、ママが感じるところを鑑賞したいな」

桃色の陰裂にぐいと突きこむ。

「んはあああッ、硬いッ」

花蜜まみれの色濃い陰唇が、リコーダーの吹き口といっしょに巻きこまれ、ゆっくりと復元する。

「お……ああ、ああう……こじられるぅ」

大の字になった人妻が、後背位で貫かれる十二歳の娘の脇で悶える。

母としての矜持(きょうじ)から悶えないように我慢しているのが、眉間に寄った皺でわかる。

けれど利沙が乱入しなければ恭介の挿入でエクスタシーを得ていたはずの身体が、理性よりも性感を優先してしまうようだ。

「ゴリゴリされて……んはあッ、哀しくて惨めなのに……はあう、いいッ」

玉ねぎを切ったようなかたちをしたクリーム色の吹き口は、小学生サイズの恭介の亀頭よりも大きい。けれど、経産婦の華江にはちょうどよいのだろう。

（娘の前でママをいじめる……悪魔になった気分だ。胸が熱い。興奮するっ）

十センチほど埋めたリコーダーをゆっくりとねじる。

「んあひいいッ、いいッ」

男性器やバイブレーターとは違い、半月形の吹き口が膣襞を削るのは華江にとって未知の感覚のはずだ。

「ママは俺のチ×ポでなくても感じるみたいだよ」

利沙の艶やかなツインテールの髪を手綱のように引っぱると、紅潮した顔を母親の下腹に向けさせる。

「ああうッ、縦笛に……イカされちゃう」

膣道のふくらみを吹き口でなぞってやる。

ポウ……ピヨ。

どこからか、間の抜けた音が聞こえた。

（なんだ、今の音。下手な尺八みたいな……）

「ひい、恥ずかしい……いやあッ」

ポヒユウゥ。

「あーッ、だめえ」

花蜜まみれのリコーダーを、洞穴の奥から漏れた蜜まじりの空気が慣らしたのだ。

「ははは、オマ×コが笛を吹いたのか」

リコーダーを握る小学生男子に嘲笑されて、華江は唇を歪め、瞼を強く閉じる。

「うう……耐えられないの。お腹の中が熱くて……ああ、もう……だめ」

リコーダーを少し動かしてやるだけで、じゅぷっと白濁した悦の露が樹脂の胴を伝う。茶色い音楽教材を咥えた膣穴の上には、ピンクの大粒真珠がとがっていた。

「だめ……もう、恭介くん、私をイカせて……イキたいの」

声を我慢しようと、腕をあげて指を噛む。汗びっしょりの腋が露になった。

点々と小粒な毛根が散る腋の窪みから、強い女の発情臭が漂う。梅雨の森林や、鮎のような、瑞々しくて生気を感じさせる香りだ。

（もとの世界の「華江様」は香水を使ってた。あれよりはずっとこの三十歳の華江の匂いが好みだな。利沙の、ミルクみたいな子供の匂いもたまらないけど）

リコーダーをペニスに見立ててゆっくりと抽送しては、ざらついたスポットや子宮口を刺激してやる。

「んはああッ、あおおお……情けないわ。こんな……ああッ、娘の縦笛でイカされてしまうなんて……はあッ、でも、もう止まらないの」

若いPTA会長がトロ顔で舌を出し、絶頂への階段を上っていく。

白濁蜜が際限なく溢れ、尻の谷間を伝って吸音カーペットに大きな染みを作る。

「あたしのリコーダーで、ママがエッチになってる……」

名家の上品な若妻という顔しか知らなかった実の娘が、蕩けきった母の姿にショックを受けている。

「見ないで。利沙ちゃん、ママを見ないでぇ」

華江は巻いた髪を振り乱して頭を振る。

恭介は容赦しない。

「違いますよ。チ×ポのかわりにリコーダーでイキたがる、淫らなママの顔を見てほしいの……でしょう？」

バイブレーターのような性具ではなく、娘のリコーダーという幸せな家庭のアイテムで、せつなく身をよじる母を眺めながら娘の尻に肉茎を打ちこむ。

「いや……恭介にチ×チンされると、ママみたいにエッチな声が出ちゃうよぉ」

子供らしく拙い「チ×チンされる」という表現が、恭介の嗜虐心をそそる。

利沙の幼膣に肉茎を穿ったまま、片手でリコーダーを操る。

「あうッ、あうううッ。ずこずこされて……はああ、息が……できないのォ」

ポゥ……ピョオ。

女の壺が収縮し、圧縮された湿度百パーセントの淫らな膣息が、リコーダーを力強く吹き鳴らす。華江のクライマックスが近いというサインだ。

「うううッ、震える。オマ×コが震えるのッ」

カチン、カチン。

利沙が乳飲み子だった頃に、昼も夜も吸いついていた母性の象徴である乳房が揺れ、カスタネットが鳴る。

「ははっ、華江はまるで楽器だ。最終楽章(フィナーレ)、だねっ」

最奥に食いこんだ吹き口をとんとたたく。十五年後の華江が大好きな、子宮口へのノックだ。

「んああああン、だめ……こんなの……はじめて。イクわ。私……ううッ、恭介くんにイカされちゃうッ」

きゅっと子宮口が痙攣し、リコーダーが震えた。

「イクぅううッ」

どく、どくと熱い絶頂蜜がリコーダーの吹き口から流れこむのが、恭介の手に伝わってきた。

「あく……うぅ……イキすぎて……ああッ、なにもわからなくなる」

開きっぱなしの朱唇からだらしなく舌がのぞき、快感を示す唾液が頬を伝う。

瞼は開いているが、瞳は輝きを失って、ぼんやりと天井に向いているだけだ。

「ああ……ママぁ……」

利沙が息を呑む。同性の絶頂シーンを眼前に見る女性など、ほとんどいないだろう。

しかも、少女は実の母の絶頂を目の当たりにしたのだ。

少女は朝露に濡れた蕾のような唇をわななかせ、泣きそうになりながら、エクスタシーに溺れる母を見つめている。

(この表情だ。目が覚めて現実に戻っても、この利沙の顔だけは忘れないぞ)

グラマラスな若妻の股間に生えたリコーダーから手を放し、肉茎で貫いた四つん這いの同級生の腰を両手でつかむ。

「あ……ああ、深い」

母を責めている間は緩慢だった抽送の速度が急にあがり、利沙は水から出た仔犬のようにぶるるっと裸体を震わせた。

赤いランドセルも少女の背中で揺れる。

体温で温められたランドセルの革の匂いが、新陳代謝の香りと混じって、少女姦の禁忌を象徴するフェロモンに変わり、恭介の鼻腔を喜ばせた。

「はあぁ……おかしいの。深く挿れられたら痛いはずなのに……だめ。ママみたいな声が出ちゃうのぉ」

後背位で穿つと小さなお尻が暴れる。

「んあ……ぁ、チ×チン動くの気持ちいい。チ×チン、好きぃ……」

高慢なクラスの女王様が、恭介の前でだけ甘えんになってくれる。

（利沙のとろんとした目。あんあん言いながら、閉じられない口。挿入するたびにひくついてくれる、ちっちゃな肛門。俺以外の誰も知らないんだ）

腰を引く。亀頭の裾を膣口の裏に引っかける。

「ん……抜いたらいやよ……ああん」

膣口をきゅんと絞って牡の兜を逃さない。

「抜かないよ。ほら……いじめてやるっ」

ずん。

手加減なしで深く突く。

無数の襞が肉茎を撫で、からみついて歓迎している。

「くうっ、利沙のオマ×コ……はじめてのときより、チ×ポになじむよっ」

射精が近い。

先走りの露が未発達な子宮口を濡らし、充血してふくらんだ肉竿が少女の洞窟を押しひろげていく。

「あーん、チ×チンがびくびくしてて……かわいいよぉ」

「くううっ、利沙のオマ×コは、もっとかわいいぞっ」

我慢して射精を止められる段階にはない。

限界までのカウントダウンはすでにはじまっている。

腰を打ちつけ、ランドセルを揺らす小さな背中を注視しながら柔肉を貪る。

「んはああ……くすぐったいのに、熱くなって……恭介、あたしの中……気持ちいい？」

自分の身体が男を愉しませているかが気になるのだ。なんと健気な反応だろう。

(誰にも渡さないぞ。利沙のオマ×コは俺のものだ。俺の記憶を刻んでやる)

大航海時代、処女地の大陸や島を発見した冒険者は、こんな高揚感を得ていたのかもしれない。

「すごく……すごく気持ちいいよ。利沙の中は温かくて、コリコリしてやさしいっ」

ちゅぷっ、ちゅぷぅ。

熱い花蜜と濃い先走りが混じった、少年少女のミックスジュースが結合部から糸を引いて落ちる。

「ああ……うれしい。はあ……っ、あたし、ママみたいになりそう。ママみたいに、気持ちよすぎて飛んでいっちゃいそう」

いつの間にか利沙も、恭介の抽送に打ち合うように尻を前後に振りはじめていた。

幼い膣壁が、懸命に肉茎を抱きしめてくれる。

「んああっ、これが……ママが言ってた『イク』なの？　ああ……『イク』になっちゃう。『イク』がきてる。『イク』が大好きになるぅ……っ」

変声前のソプラノで淫語を連呼される。恭介の脳が桃色に揺さぶられた。

「く……う。いっしょにイクんだ、利沙っ」

強烈な快感がついに白い炸薬となって、尿道をぶわりと太らせた。

「ああ……利沙の中に……出すよっ」

「はーああっ、きて。あたしを『イク』にしてっ」

どくっ、どくり。

先触れの掃射に続き、快感を煮つめた若牡のエキスがどっぷりと噴き出していく。

「あーっ、熱い。焦げるよう」

ランドセルのフラップが大きく跳ねて、ツインテールの後頭をたたく。

「利沙の中でイクっ、イクよっ」

精液の機銃掃射だ。膣襞を追いつめ、白い銃弾を浴びせる。

「はあああっ、わかる。わかるよぉ。イッてる。あたし……イクになってるぅ」

猫の背伸びのように利沙の身体がたわむ。

きゅっと縮んだ恭介の肉クルミにぷしゃあっと温水が浴びせられた。

「あーんっ、イクになると……おしっこ、止まらないのぉ……ごめんなさい。エッチな子で、ごめんなさいぃっ」

羞恥に頬を燃やしながらの、少女の絶頂失禁だ。

(あんなに勝ち気で生意気な利沙にうれション癖があるなんて……俺だけが知ってる、最高の秘密だ)

膀胱や尿道の脈動が膣道を震わせて、さらなる射精を促す。

「利沙の奥で……ああっ、チ×ポが気持ちよすぎて……溶かされてるみたいだ」

十二歳の少年と少女の、激しすぎる同時絶頂だった。

3

音楽室のカーペット張りのステージは、禁断の交わりの余韻で湿っていた。

「は……ひ……あぁ」

一人娘が通う学校の音楽室に大の字になって転がり、ボリュームのある乳房を上下させる人妻。女陰を貫いていたリコーダーの吹き口は、白く泡立った絶頂の蜜に覆われている。

大人の女、そして母としての最後の矜持だろうか。蕩けきった目と、下腹の茂みをそれぞれ手で隠している。

「……恭介……ああん……」

寝言のように名前を呼んでくれたのは、うつ伏せになった利沙だ。

小水を漏らしてしまうほど感じたのだ。全力で走ったマラソンのゴール直後のようにぐったりしている。

背負ったままフラップが開いた空のランドセルと、ツインテールの髪が少女の象徴だ。無毛の丘に刻まれたはかなげな桃色の陰裂はぱっくりと割れている。

「ん……あ……」

膣口の奥から、こぽっという小さな水音が聞こえ、恭介が放った若すぎる精がとろりと溢れてきた。

(退廃的……ってこんな眺めを言うんだろうな)

小学生の語彙にはなく、二十七歳でもふだんは使わない単語が思い浮かぶ。

チャイムが聞こえた。午前中の最後の授業時間がはじまったのだ。

あと四十五分。昼休みになれば、授業の準備をする音楽係がいつやってきてもおかしくはない。

ようやく身を起こした華江が、脚を投げ出して座った恭介の股間に顔を寄せる。

「……利沙ちゃんの中に、出してしまったのね……」

眉とアイラインを強調したきつめのメイクや、赤い口紅が激しい行為で落ちて、素朴な和風顔に戻っている。

恭介が冷遇されていた現実の世界では、四十五歳の華江がすっぴんで人前に出ることはない。だが恭介は目の前にいる、ノーメイクの三十歳のほうがずっと好みだ。

大量の牡液を放って冷えた肉茎が、冬の小蛇のようにうなだれている。

瑞月母娘との禁断の関係で鍛えられ、勃起すれば亀頭が露になるが、今は包皮に先端近くまで隠れた小学生の標準形態に戻っている。

「母親としては……小学生の娘に入ってしまったこれを……憎く思わなければいけないのよね……でも」

一瞬だけ逡巡してから利沙は顔を伏せ、利沙の花蜜と精液でねっとりと濡れた少年の包茎に唇を当てた。

「うっ」

射精直後の敏感な先端を温かな舌でくすぐられて、下半身がムズムズする。

「憎らしくなんかないわ。こんなにかわいいもの……」

舌が包皮をかき分けて、ねばつく亀頭をちろちろと這う。

「ん……あの子の中……こんな味がするのね。子供なのに、こんなに湿らせるなんて、なんだか妬ける……んふぅ」

唇を開くと、ぱくりと先端を咥えた。

温かい粘膜が迎えてくれる。勃起中の武具とは違い、無防備になった萎えペニスにとって、なんとも安心する空間だ。

舌を巻きつけ、薄皮で守られた少年の先端を豊富な唾液で洗ってくれる。

肉茎の半ばを唇で絞ると同時に先端をきゅっと吸い、尿道に残っていた精の雫を舐めてうれしそうだ。

「ああ……おいしい……恭介くんの味……くふぅ……」

生気に溢れた少年の精液は、粘度も苦さもとびきりのはずなのに、華江はうっとりと恭介を見あげる。

乱れて垂れた前髪を長い指でかきあげて、肉茎を吸う口もとや潤んだ瞳を見せつけてくる。大人の女だけが持つ色気が恭介を圧倒する。

(ああ、本物がもし、こんなに献身的だったら)

「くっ……華江さ……華江っ」

思わず以前のように「華江様」と呼びそうになる。

「あん……おいしいの。恭介くんの精液も、利沙ちゃんの女の子の液も……」

汚れた性器をちゅっ、ちゅっと吸われるうちに、下腹に新たな欲望が湧いてくる。

「あーっ、ぬけがけ……ずるいっ」

甲高い声といっしょに、小さな裸が飛びこんできた。

「ママったら……恭介を独り占めにしようとしてる」

頬をぷくっとふくらませる顔は愛らしい。

「そんなにおいしいなら、あたしだって……」

恭介の隣に座って、ツインテールの頭を伏せてくる。母の顔に脇から割りこみ、競うように舌を伸ばした。

「あっ、利沙ちゃん、そんな……」

(この眺めは……やばいっ。本気で犯罪だ)

裸に赤いランドセルを背負った美少女が、ツインテールを振りまわして、実の母といっしょに少年の幼茎に唇を寄せた。

母娘の唇が、少年の肉竿を両側から挟んでキスをしている。

「ああん……チ×チンから、プールの臭いがする」

利沙は精液の残り香に眉をひそめる。

興味津々で寄せてきた鼻の頭が、母の唾液で光る筒先に触れた。

「うっ。利沙の息が当たるだけで……気持ちいいっ」

恭介が尻をもぞもぞさせると、利沙はうれしそうに唇を舐めた。

「ママと交代するね」

母を押しのけると、利沙は「あーん」と自分で言って、横からぱくりと半勃ちのタケノコにしゃぶりつく。

はじめてのフェラチオなのに、利沙にためらいはない。実母の華江がうれしそうに咥えていたのを見て、嫌悪感が消えたようだ。

「く……ああっ、小学生のちっちゃな口に俺のチ×ポがっ」

「なに言ってんのよ。あんただって同じ小学生じゃない」

健康的なさくらんぼ色の唇で、まだ色素が沈着していない細幹を、ソフトクリームでも舐めるように舌で責める。

(これが利沙の初フェラ……なんて大胆なんだ)

積極的な利沙の行動に、むしろ恭介が焦ってしまう。

男がどれほどフェラチオで大きな快感を得られるか、まだ理解していないようだ。

ストロークなど愛撫はせずに、半剝けの亀頭に舌を当ててきょとんとしている。

「んん……ぜんぜんおいしくない……」

華江とは違う、短くて柔らかい少女の舌が尿道口に触れた。

鮮烈な快感が走る。じいんと下半身が熱くなり、むくむくと亀頭が膨張していく。

「うっ……それ、続けて……」

恭介が呻くと、利沙はうれしそうに唇をキスのかたちにとがらせて、ちゅっ、ちゅっと音を立てて亀頭を吸う。

若い海綿体に血液が流れこみ、浮き輪のイルカに空気を入れたように、むくむくと太っていく。

「あはあ……チ×チンは苦いけど、ふくらませるのって楽しい。ねえママ、見て。あたしが大きくしたんだよ……んふ」

目を輝かせる利沙の唇から溢れた唾液が屹立を伝っている。

「私だって……負けないんだから」

恭介の脚の間に伏せた華江が、恭介の尻の下に手を入れて、ぐっと持ちあげる。

「うわっ、なにを……」

軽い小学生男子は成人女性に簡単に持ちあげられ、オムツ替えの姿勢をとらされる。

「恭介くんのおいしいところ、ぜんぶ食べてみたいの」

大人の舌を伸ばしたのは、勃起によって露になった少年のボール袋だ。

「んは……ひんやりしてるわ……」

舌先で皺袋をあやしてから、大きく口を開いて片方の玉を含んだ。

「あああっ」

きゅぽっと音を立てて、男の急所を強烈なバキュームで責められる。下半身の力が抜けて、どこかに飛んでいってしまいそうだ。

「んんっ、ママが吸ったら、もっと硬くなって……あんっ、口に入らないよぉ」

フル勃起で裾までふくらませた亀頭をしゃぶっていた利沙が目をまるくする。

「恭介くん……気持ちいいって、おチ×ポで返事をしてくれるのね。うれしいわ」

左右の睾丸を交互に味わう間も、華江の手は休まない。しゃぶっていない側の皺袋をさわさわと愛撫し、さらに指を滑らせて肉竿が身体に埋まる会陰をきゅっと揉む。

「くはあっ、すごくいいよ、華江っ」

（人妻だといっても、こんなテクニック……誰に教わったんだ）

すると、心を読んだかのように華江が答えてくれる。

「ああん……みんな、恭介くんが私にしてくれたことをお返ししてるの。私自身も知らなかった、女の気持ちいい場所。きっと男の人も感じるんでしょう？」

十五年後の、熟した華江が好んだ会陰責めだ。性感のポイントを少年に戻った恭介が伝え、さらにその前戯を、若妻の華江がアレンジして教え返してくれる。

睾丸をやさしく吐き出しても、柔らかな唇は止まらない。

会陰の縫い目をたどり、ついには少年の尻の谷間にある小孔に達した。

ちろっ。

温かな舌が肛渦の中心を突いた。

「は……ううっ」

想像していた以上の悦がピンポイントで下腹を貫いた。

「んはァ……恭介くんが私のお尻にキスをくれたとき、とても感じたの。だから……お返しをあげたいの」

唾液を窄まりに垂らして舌で塗りひろげる。

「んああっ、くすぐったいけど……いいっ、あうう」

クンニリングスを受ける女の気分だ。

「ここ……私や利沙ちゃんの大事な場所みたいにひくひくしています……んくッ」

アナル奉仕を受けて肉茎が快感に跳ねる。

最初は勃起に合わせて懸命に口を開いていた利沙も、ついに限界とばかりにルビー色に輝く亀頭を吐き出した。

「ママが恭介のお尻を舐めてる……ああん、エッチすぎるよぉ」

華江は指で肛門渦をひろげると、中心に舌を穿つ。

骨のない舌が堅固な括約筋をすり抜けることはできない。

「お……はああっ、中を舐められてるっ」

「おいしい……恭介くんの身体は、お尻の穴までおいしいです」

ちゅばっと淫らな音が肛肉を震わせる。

（これは……たまらないっ）

自分の尻肉の間でなにが行われているかが見えないから、肛門粘膜を舌先で突かれるだけで想像力がふくらみ、まるで腸内を長い舌で犯されているように感じてしまう。

「んんふ……男の人も、お尻が気持ちいいんですね。あんん……」

女にとって第三の、羞恥の排泄穴は四十五歳の高慢な華江の弱点だった。

恭介が数時間前にそのひっそりと咲いていた窄まりを刺激したとき、華江ははじめて他人に肛門を愛撫されたと告白した。

（きっと、華江は自分が触られたいポイントを無意識に責めてきてるんだな）

幼茎は鋼（はがね）の硬さに育っている。穂先がびくんと跳ねて、進むべき方向を示していた。

4

「今度はママの番だ。四つん這いになるんです」

恭介に命じられて、自然に肘が落ちる。

（恭介くん……声は子供なのに、言葉の選びかたが大人みたいで逆らえない）

結婚した直後は、かなり歳が離れているものの夫婦の営みはあったが、娘を産んでからは妻ではなく母の役しか与えられずに、華江は身体を持てあましていた。

二十代の身体は指や器具では満たせず、ついに運転手や小学校教師とも関係を結んでしまった。けれど誰も、華江を支配し、翻弄してはくれなかった。

第二次性徴すら終えていない、無毛のペニスを振り立てている少年は、自分の身体だというのに知らなかった性感帯を的確に掘り起こして翻弄し、華江を絶頂に追いやってくれた。

(あれが「中イキ」なのね……)

膣内に挿入されて達したのははじめてだった。

(身体が熱い。疼く。もっと私の身体に埋まっている、未知の快感を知りたい)

「教えてください。リコーダーでイキまくったオマ×コか、指を挿れられただけで『はじめてなのに気持ちいい』ってアンアン叫んだお尻の穴か……どっちを犯してほしいんですか」

恭介の残酷な二択に華江は息を呑む。

「ああん……ママ……」

娘の利沙は、母と自分の同級生の交わりを間近で目撃する興奮に、まだ幼い裸体を震わせている。

（誰にも触ってもらえなかった場所……お尻を刺激してほしい）

女の身体は性器で、膣で感じるようにできている。先ほども、娘の縦笛を挿入されて達してしまったほどだ。けれど知らなかった後方の快感、排泄のための窄まりが、ずっとひくついてせつないのだ。

（どうしてなの……小学生なのに。この間まで、気が弱いただの庭師の息子だったのに。恭介くんは私の身体や……扱いかたを知りつくしているの？）

「両手でお尻を開いて。いじってほしい穴を見せて」

「うっ……くううッ」

屈辱的な命令だ。だが、華江の手は操られるように滑っていく。

（疼く……指を挿れられただけで狂いそうだったの。お尻が気持ちいいの。不浄の穴なのに、恭介くんにぐりぐりされると……狂ってしまうの）

自分たち母娘の花蜜や、利沙がイキながら漏らした小水を吸った音楽室のカーペットに肩をついて伏せ、両手を背中からまわす。

「う……はぁ……お尻……です……」

たっぷりと女の熟脂を蓄えた尻肉を、両手で左右に割る。

（んッ、お尻の穴を見せつけて……なんてはしたないの）

我慢できない。一方通行であるべき器官を小学生の幼茎に貫かれたくて、下半身が揺れてだらしなくなる。

「ん……ン、ああ、早く……」

尻の渓谷を露にすると、湿った空気が吹き抜けていく。

背後にまわった恭介の片手が腰のくびれをつかみ、もう片方の手が尻の渓谷をさわさわとなぞる。

「あ……はあッ」

小学生の細い指が人妻の排泄穴をいじり、陰唇をねっとりと染めた花蜜を指ですくっては肛肉に運ぶ。

「リコーダーでイッたときに溢れさせた、エッチな涎でお尻の穴がぬるぬるです」

くっ……つぷり。

「ん……あ」

恭介の指が滑らかに、肛肉に潜りこんだ。

「指にキスされてる。さっき、チ×ポをしゃぶってた利沙の口みたいに動いてる」

母親の肛肉を指で解しながら、同時に娘まで言葉で辱める。

「いやあん。ママと比べないで」

利沙がうつむいてまっ赤になる。ふくらみの足りない乳房なのに、幼い乳首は生意気にとがっていた。実母の痴態に興奮しているのだ。

そんな実の娘の前ですすんで尻肉を割り、小学生に挿入をねだる母親が自分だ。

(悔しい。なのに、止まらないの)

利沙が音楽室に闖入する寸前、牝穴を幼茎で犯されながら、はじめて他人の指を受け入れた肛肉は、まだ恭介の指の感触を鮮明に憶えていた。

「指をすんなり食べちゃいました。エッチなお尻だなあ……これだけ濡れていれば大丈夫ですね」

指が抜け、かわりに後方から熱気が迫ってくる。

(ああ、くるわ。くるわ)

ぴとり。

「はあっ」

指よりもずっと温度が高く、たくましい宝玉が肛肉に触れ、穂先をねじこんでくる。

乾いていれば決して逆方向の侵入など許さない器官が、指でたっぷりと塗られた花蜜のせいで、牡肉を受け入れてしまう。

「は……ああっ、硬いわ。熱くて……プリプリしてるうッ」

背中を仰け反らせると、垂れた両乳房のカスタネットがカチンと鳴った。人妻ペットにお似合いのアクセサリーだ。

「く……ひいいッ、ゆっくり……ゆっくりにしてェ」

大人のペニスなら、これほど容易には挿入できなかっただろう。だが半剝けに育ったとはいえ、恭介のサイズは小学生の標準だ。はじめてのアナルセックスにはお誂(あつら)え向きなのだ。

じゅぷりと花蜜が鳴った。

「くうっ、オマ×コよりもずっと……きついっ」

恭介は呻きつつも腰を送ってきた。ルビー色の亀頭と、やや赤みの薄い肛肉リングがからみ合いながら華江の体内に沈んでいく。

「は……ああッ、うう……ずぶずぶだわ……」

下半身を幼茎で圧縮されてため息をつくと、括約筋が緩んで亀頭冠が頑なな肉リングを乗り越えてしまった。

「はううッ、恭介くんが……入ってくるゥ」

いちばん太い裾が収まってしまえば、あとは突かれるままだ。

「華江のお尻の中……柔らかい。ひんやりしてて……冷たい口でフェラチオされてるみたいだ」

性体験豊富な成人のような小学生の言葉が背中に降ってくる。

膣道とは違い、花蜜が湧きはしないからストロークは緩慢だ。

後背位で結合したまま、じわじわと動いている二人の脇に、ランドセルを置いて身軽な全裸になった利沙が近寄ってくる。

「ああん……ほんとにママのお尻に……チ×チンが入ってる」

「後ろからつながってるところが見えるよ。利沙を産んでくれたママの穴もね」

「あっ、だめ……そんな」

華江が止める間もなく、利沙は恭介の脚の間に伏せる。

「すごい。ママのあそこから……透明な液が……あんっ、糸を引いてる」

禁断の行為を目の当たりにして十二歳の羞恥心など消し飛んでしまったのだろう。

実の娘が瞳を輝かせて、幼茎を半ばまで受け入れた初物の肛門と、空虚にぽっかり口を開けた膣口を見あげている。

「ここから……あたしが産まれたの？　くにゃくにゃしてて……複雑なのに、ピンクの中身がとってもきれい。サンゴ礁の写真みたい」

十代で産んだ一人娘。お風呂や着替えで互いの性器を見たことはある。だが、発情して淫らな様子をさらすなど恥ずかしさの極みだ。

（あぁッ、利沙ちゃんの息が……クリにかかってる）

尻穴を穿った先太りの杭が、逃げることを許さない。

「利沙、よく滑るようにママのとろとろをチ×ポに塗るんだ」

「……ママのお尻が壊れないようにするのね……わかった」

「そんな……いけないわッ」

華江の悲鳴など、もはや聞いてはもらえない。

娘の指が陰唇に触れ、花蜜をすくう。

「はッ……あぁン」

敏感な薄肉の尾根をなぞられただけで強烈な悦が走る。

ぴちゃ、ぴちゃと音が聞こえる。利沙が花蜜を肉茎にまぶしているのだ。

「いいぞ……それっ」

熟女の天然ローションを味方に、肉槍がずんとたたきこまれた。

「はんうううッ、きついッ」

背骨の下を硬い異物が穿つ。

「くうっ、お尻の穴がひくついて……気持ちいいっ」

ずるり、ずるりと抽送のペースがあがっていく。

「ねえ、恭介……ママがちょっと痛そうだよ。ゆっくりにしてあげて……」

利沙の心配そうな声が、華江の湿った茂みを揺らす。

「じゃあ……利沙が痛いのを和らげてあげるんだ。オマ×コの下のとがってる場所。ママはそこを触られるのが大好きだよ」

（だめ、私たちは母娘なのよ。絶対にいけないわ）

けれど、喉がひりついて抗議の声をあげられない。

「んはぁッ」

かわりに漏れたのは甘い嬌声だ。利沙が敏感な母の陰核に触れたのだ。

「ひっ……やめて。利沙ちゃん、だめぇ」

「でも……ママはとっても気持ちよさそう。ほら、こんなにいっぱい……エッチなお汁（つゆ）を漏らしてる」

小学生の細指が陰唇を探る。

「あたしも、ここが『イク』の場所だって知ってるよ……」

的確すぎる愛撫だった。突起の包皮をわずかに剝き、真珠とフードを重ねるように揉まれる。男性には決してできない、同性ならではの細やかな指遣いだ。

（この子、きっともう自慰を憶えて……母親の私にも同じ快感をくれようとしているのね。腰が動いちゃう。止まらない。声が出る。オマ×コの芯が溶ける）

「んんッ、きいいッ、いけないの。許されないの。母娘だから……はあッ、ああ……だめ。堕ちてしまう。燃えちゃうッ」

利沙の陰核責めがあまりにも甘美で、肛肉の違和感が打ち消されるどころか、その疼痛さえ快感に昇華していくのだ。

突かれるときは胸が詰まるように苦しくて、うっと呻いてしまう。

（だめ。いやらしい声を出したら、感じているのがばれてしまう）

けれど亀頭の裾が腸壁を削りながら抜けていく行程は、人間にとって最も無防備で恥ずかしい生理現象の瞬間にも似た爽快感がある。

「はひッ、いい……ああッ、イイのはだめなのッ」

抽送のたびに強制的に与えられる偽物の排泄快感が、華江を狂わせる。

「ママの声、エッチだよお……あたしが、とんがりをもっとかわいがるね」

「いいぞ。利沙がいじるたびに、お尻がひくついて……チ×ポが抜けそうなくらい気持ちいいっ」

びくり、びくりと全身を震わせる華江の後方で、恭介が歓喜し、アナル抽送は激しさを増していくのだった。

（最高だ。華江さんのアナル、小学生チ×ポにぴったりじゃないか）

恭介ははじめて知った直腸挿入の感触に夢中になっていた。

（ひんやりしたゼリーに包まれてるみたいだ。チ×ポの根元が絞られるのも気持ちいい。こんなに高揚するセックスを、ほとんどの人間が知らないなんて）

自分が二十七歳の世界で、熟した華江からシリコン製のスティックやとがらせた舌で肛門への愛撫を求められたことはある。けれど、義務としての奉仕は、恭介に快感や興奮をもたらさなかった。

経産婦の膣道を満足させられるサイズまで成長した大人ペニスでは、肛門挿入を求められたとしても結合がきつすぎて、男女双方とも痛みしか感じないだろう。

小学生の身体から生えている未成熟な幼茎は狭い肛肉にするりと入りこんで、怯える腸壁に痛みを与えずに、亀頭冠で愛撫することができたのだ。

「はううッ、恭介くん……許してちょうだい。私……利沙ちゃんの前で、恥をさらしたくないのッ」

切羽つまった悲鳴が響く。

乳首から垂れ下がったカスタネットが淫猥なリズムを刻む。

「ほ……ほうン、お尻が焼けるゥ。お腹の中がばらばらになっちゃうッ」

性器を使ったセックスとは違う、生々しい湿気が音楽室にひろがっていく。

恭介がはじめてのアナルセックスだというのに華江を追いつめられるのは、ペニスとアヌスを使った異端の結合部に顔を寄せる、実の娘のおかげでもある。

「挿れないで。いけません……ヒイッ、指を……まわさないで」

ちゅく、ちゅくという肛門性交の控えめな抽送音などかき消してしまうほどの盛大な蜜鳴りを、恭介は垂れた睾丸で聞く。

「あぅん、ママのここ……あたしの指を吸って放してくれないんだもの」

利沙は母の膣道いじりがたいそうお気に入りのようだ。

「びっしょびしょだね。こんなにエッチな場所から産まれたら……あたしだってエッチになっちゃうの、当たり前だよ」

禁忌の母娘3Pに怖気(おじけ)づくどころか、母を言葉責めするほど積極的だ。

「ううっ、利沙がオマ×コをいじるたびに、尻がきゅっと締まって最高だっ」

吠えながら腸壁を突く。

「んひッ、ああ……お腹の中をかきまわさないで。暴れないでェ。私……こんな恥ずかしいママじゃないのにいッ」

いくら頭を振って性感をごまかしても、ひくひくと肉茎を噛み、逃すまいと襞をからみつかせる肛洞は正直だ。

「はしたない……ああ、はしたないママでごめんなさいッ」

肛門の裏側にある肉リングに肉兜の縁を引っかけて前後させてやると、華江はヒイヒイとすすり泣きはじめた。

肉茎に神経を集中していた恭介に、思わぬ刺激が加わった。

「ふふ。恭介のすてきなキャンディ、発見っ」

射精を準備して竿の根に密着していた小ぶりなクルミがきゅっと吸われたのだ。

「うっ」

思わず仰け反り、呻いてしまった。

「んは……んく……さっきママにここ……キンタマって言うんだっけ、舐められて気持ちよさそうだったもんね」

利沙が並んだボールをぱくりと口に含み、舌でドリブルしてくる。小学生女児の高い体温に包まれて、睾丸が溶けそうだ。

「あううっ、続けてっ」

大人の華江の背中に乗ってつながる恭介からは、結合部に伏せた利沙の顔や動きは見えない。だから、よけいに興奮する。剛鉄の芯を走る尿道が膨張し、いつでも発射可能だとばかりに、白い徹甲弾の装塡を待つ。

「はひいン、なにが起こってるの……お腹の中で恭介くんがカチカチになって……はううッ、だめ……お尻が感じちゃう。お尻、イイッ」

肉リングを内側から拡張するほどの強烈な充血だ。華江ががくがくと頭を前後させ、初体験の肛門悦に髪を振り乱している。

（いちばん奥に出してやる。俺の精液で、華江のお腹を蕩かせてやる）

深い場所まで穂先を埋め、ぐいと腰をひねると華江がひイイッと絶叫する。

「はひッ、ヒッ、お尻……おかしくなる。壊れますッ」

やさしさも遠慮もない地獄突きだ。

「ああん、逃げちゃう」

並んだ若牡タンクを唇から逃した利沙がすねた声をあげる。だが続いて、恭介のアヌスに温かいものが触れた。

「あっ、ううっ」

「あーん、恭介ったらいい声っ」

華江を深く穿ったせいで、利沙の眼前に無防備な窄まりを与えてしまった。

少女の舌がつんつんと少年の窄まりをつつく。

「くあっ、利沙……すごすぎるっ」

母の肛門を犯す男の肛門に、娘が舌を突き立てる。

「くああ、いいっ、気持ちいいっ」

甲高い嬌声をあげたのは恭介だ。

「ううっ、出すよっ、華江のお尻に……注いでやるっ」

ずん……どくうっ。

異常な倒錯の連鎖が男の性感を何倍にも増幅し、下半身のエネルギーがすべて輸精管を通り抜けていく。

「はあんっ、チ×チンがびくびくしてるうっ」

利沙が舌で肛皺を味わい、ためらいもなく恭介の粘膜に舌をねじこんできた。

「くううっ、利沙のベロが……精液を押し出してるみたいだっ」

熱いほとばしりが肉茎を太らせるが、肛門のガードは堅い。

「あーん、ママのとんがりも、いじめちゃうんだからっ」

利沙の指が、無防備にさらされていた陰核をつぶした。

「ひっ、ひいいッ、感じるッ。クリちゃんとお尻がつながって……私のお尻が、恭介くんのモノになってるのッ。お尻でイク。ママ、お尻でイッちゃうのおッ」

音楽室の壁をビリビリと震わせるほどの絶叫とともに華江の全身が緊張と弛緩をくり返し、ついに肛肉が陥落した。

強靭な肉リングに圧迫されていた肉茎がびくん、びくんと華江の腸内で跳ねる。

行き場を失って肉茎の芯で暴れていた牡のマグマが、腸内深くに埋まった先端から一気に飛び出していく。

どくりっ、どくぅっ。

「はひ、はひいン、こんな……お尻でイク女にされちゃうなんて……悔しい。せつない……気持ちいいッ」

汗も涎も涙も、愛液も小水も……すべての水分を滲ませながら、華江が肛門絶頂に踊る。

「うおおっ、出てる……華江の中、たっぷり……っ」

その体内の最深部に欲望を爆ぜさせ、全身の血液が沸騰する。

(俺が狂わせてやった。華江の身体に、俺を刻んでやった……)

最上の恍惚と入れ替わるように、恭介の意識が遠くなった。

第六章　いじめっ娘隷属の宴──肉棒の従順ペット

1

海開きから間もない土曜日。まだ泳ぐには水温が低い。海水浴場に人はまばらだ。

観光客たちの視線はひとりの少女に集まっていた。

目立つ行動をしているわけではない。ただ白いアイスキャンディを持って砂浜を歩いているだけだ。

街なかや電車でも、誰もが振り返るような美少女だ。

しかし、人々の視線は恥ずかしそうに赤面し、唇をへの字にした不安げな顔よりもっと下に向かっていた。

「なんだ、あの娘……エッチ系のジュニアモデルかな？」

「かわいいのに、あんな水着を着せられて……親は知ってるのかしら」

「見ちゃいけません。お金目あての撮影かなにか……かわいそうな子なのよ」

家族連れは眉をひそめて視線を逸らす。

まだシーズンがはじまったばかりで海の家も一軒しか開いていない。

少女はアイスキャンディを大事そうに立てて持ち、周囲から浴びせられる好奇の目を意識しつつも早足で進む。

水着は輝くホワイト生地のビキニだ。

プールの授業でついた、ワンピースのスクール水着の日焼け跡が残っている。

ビキニの布地以外の、肋骨が浮いてきれいな段々になった、柔らかそうなお腹や、まだ下腹の筋肉が発達していないから横に割れた浅いおへそはまっ白だ。

大人とは違い、二の腕や太ももにはまだ肉がついておらず、肘や膝の関節が相対的に大きく見える。

幼女から少女、そして女性へと成長するまでの、ごく一瞬の危うい体形。アンバランスの魅力が男たちの視線を誘ってよからぬ妄想をかきたてる。

「うおっ、なんだあの小さい三角ビキニ。ほとんど裸じゃん」

若い男たちは大騒ぎだ。

慌ててスマホを取り出し、傍若無人にレンズを向ける者もいる。

「すげえ……超美少女なのに、犯罪みたいな水着だぞ」

少女がつけているのは、ただの三角ビキニではなかった。

胸を隠す三角は、子供の手のひらよりも小さい面積しかない。

しかも汗を吸った白い生地は頼りないほど薄く、明らかにポッチリと、麦粒ほどの乳首が生地を突きあげている。

「くう、たまんねえ……ロリコンじゃなくてもあれは襲っちまうな」

柄の悪い青年たちが正面からにやにや笑いで近づいてくる。

「おい……あの水着、食いこみすぎてマンスジがくっきりだぜ」

面積が小さいのはビキニのトップだけではない。

ボトムはさらに過激だ。逆三角の頂点は陰裂をぎりぎり隠せる程度。高さも足りず、腰骨の出っぱりよりも下にストラップが巻きついている始末だ。

もし大人の女性が同じデザインを穿いたら、三角の上からも横からも陰毛がはみ出し、大陰唇も水着の食いこみからはみ出してしまうだろう。

「あんな水着、どこで売ってるんだよ。変態の親に育てられてるのか」

「なあ……あの水着、おかしいぞ。ふつう、あんなに透けないだろ」

胸の谷間から、へその窪みを経て続く、身体の中心を縦に刻んだ正中線が水着のボトム三角に入る。

成長につれて消えてしまう浅い線の延長線上、パールホワイトの逆三角の頂点は左右に割れ、陰裂の深さや幅もあからさまにしているのだ。

若い男たちの視線を自分に向けたい若い女性たちも眉をひそめる。

「子供用の水着だって、普通は裏地があるはずだよね。見られ好きのヘンな子？」

「うん。下着だってクロッチがあるからあんなに食いこまないよ。布一枚だけみたい。信じられない。きっとロリコン男に見せて、お金をとったりするんじゃない？」

「うう……」

男性からの好奇と興奮の視線だけでも恥ずかしそうにしていた少女は、年上お姉さんたちからの嫉妬や侮蔑の声を聞いて泣き出しそうになりながら、ビーチサンダルを履いた小さな足をまっすぐに進めていく。

片手に持ったミルク味のアイスキャンディが溶けはじめ、きゅっと柄を握った指を白く汚していく。まるで精液まみれの大人ペニスを握っているようだ。

「ああん……くぅ……」

羞恥に身を縮める過激水着の少女に、ねっとりとした視線を向けてすれ違った中年の男性が足を止めた。海だというのに長袖長ズボン、そして肩から重そうな一眼レフを提げている。

格好の獲物を発見した男は、顔を紅潮させて振り返る。

「うわ……なんて水着だ。紐だけだぞ」

思わずつぶやくのも無理はない。

ツインテールを揺らして歩く後ろ姿。肌を隠しているのは、実質的に三本の紐だけなのだ。

トップだけならまだいい。首の後ろと肩胛骨の下。二つのリボン結びで、左右のバストトップを引っぱっている。ストラップがクロスして背中を覆い隠したスクール水着の日焼け跡がくっきりと残っているのも倒錯的だ。

「ああ、お尻……うぅ」

一眼レフのファインダーをのぞく怪しげな中年男性の、長い望遠レンズがぶるぶると揺れる。興奮が手を伝わっているのだ。

少女のヒップは、ほとんど剥き出しだった。三角ビキニのボトムというより、恥丘をやっと隠した鋭角な三角形の底辺を、左右の細い紐が引っぱりあげているだけだ。

少女の尻の谷間に食いこんだ、指ほどの幅で薄い布地はよじれながら肛門をかろうじて隠している。

「おお……ケツの穴が見えそうだぞ」

下卑たつぶやきや、パシャッ、パシャアと響く連写のシャッター音が、少女に聞こえないはずはない。それなのに彼女は未熟なプラムのようにこりっとした、大人の脂肪とは無縁の尻をくい、くいと振って進んでいくのだ。

海の家や駐車場からも離れた砂浜に、青いビーチテントが立てられていた。

テントとはいってもただの遮光用だ。ナイロンの布で隠れているのは後ろ一面だけで、左右と正面からはテントの中をのぞくことができる。

テントの中にはエアーマットが敷かれ、水泳パンツを穿いた少年が待っていた。

「おかえり。遅かったね。アイスキャンディが半分くらい溶けちゃってるよ」

少年はビキニ少女の紅潮した顔を見あげる。

「だって……擦れて。歩けなくて」

前かがみでテントに入りながらも、尻肉をもじもじさせている。

尻の谷間に食いこむ極小水着を、望遠レンズを構えた男性が狙っている。

「うう……裏地のない水着でお使いだなんて、ひどいよ」

利沙は頬をふくらませ、下唇を噛んで抗議する。

「利沙が言ったんだよ。『いっしょに来てくれたら、なんでも言うとおりにするから』って」

「そうだけど……うぅっ、いろんな人にエッチな目で見られて、変なことを言われて……あたし、泣いちゃいそうだったんだからねっ」

潤んだ瞳が恨めしそうに恭介に向く。

だが、恭介は軽く冷笑しただけだ。

「アイスキャンディ、せっかくだから早く食べてよ」

「ええっ、恭介が食べるから頼んだんじゃないの？」

利沙はきょとんとしている。わざわざミルク味の棒アイスキャンディと指定したのに、恭介は要らないと言う。

「じゃあ、もらうけど……」

まだ初夏とはいえ、直射日光を浴びて買い物をしてきたのだ。

利沙は恭介の隣に体育座りをした。エアーマットがキュッと鳴る。

「はあ……おいしい」

乾いた唇と舌を、溶けかけのミルクアイスが冷やす。

溶けた甘いミルクが利沙の指を伝い、三角ビキニのボトムから伸びた、華奢な太ももに落ちた。

「きゃっ」

悲鳴をあげたのは冷たかったからではない。

脚を伸ばした恭介が、水泳パンツを膝まで下ろしていたからだ。

「ばか……ちょっと、こんなところで」

簡易的なテントだけで、周囲には海水浴客もいるというのに、無毛の幼茎は恥ずかしげもなく屹立している。

「しゃぶってよ」

恭介が酷薄な笑みを浮かべ、白アスパラガスを思わせる性器をぶるんと振った。先端からは半ばまで包皮をまとった十二歳の亀頭が顔を出している。

「無理。絶対ムリ」

激しく首を振りながら、利沙はそれでも上体を伏せる。恭介の命令を聞くためではない。周囲の視線から、大胆に勃起した男子性器を隠したかったのだ。

「言うことを聞けないんなら……俺は帰るよ。まだ電車もあるし」

そっけなく言うと、利沙は不満そうに唇を曲げて恭介を睨む。

「わかった……ちょっとだけ。でも、ちゃんとまわりを見張っておいて」

上体を倒すと、小皿を伏せたほどしかない乳房を覆った水着の隙間から、桜色の乳首がちらりとのぞいた。

通販で買った三角ビキニは、恭介がカップや裏地をすべて切り取って薄布だけに改造してしまったから、肌には密着していないのだ。

「誰か来たら、あたしにすぐ知らせなさいよ。じゃないと……嚙みつくからね」

利沙は怒ったような仏頂面のまま、ゆっくり唇を開いた。

「ん……あ……」

半剝けの亀頭が同級生美少女の唇に吸いこまれる。

「お……ううっ」

(口が冷やされてて……なんて気持ちいいんだっ)

熱く猛った亀頭が冷たい口腔粘膜に包まれる、未体験の快感に頭がきんと冴える。

「いいよ……アイスフェラ、最高だっ」

恭介は思わず腰を浮かせた。

唾液よりも粘りつく、溶けたアイスキャンディの砂糖汁が包皮と亀頭の隙間でにちゃにちゃとからむのも新鮮な感覚だ。

「ん……ん？」

自分の口が恭介に初体験の悦を与えたと知って、利沙はやりかたを工夫するように、舌を亀頭に巻きつけ、唇で兜の縁をしごく。

（これはすごいぞ。簡単にイカされそうだ）

じゅぷっ、じゅぐり。

「あはあ……気持ちいい？　口の中で……びくびくしてる」

恭介が仰け反って、思わずツインテールの髪を引っぱってしまうが、利沙はうれしそうに、より深く咥えてくれる。

テントの正面、十メートルほど遠くで、先ほど見かけた男性が一眼レフを構えた。

「利沙、見られてる。アイスを食べてるふりをして」

恭介が囁くと、利沙はびっくりして顔をあげ、手にした溶けかけの棒アイスに口を移した。

砂浜では目立ちすぎる長袖長ズボンの男性は、カニ歩きして側面に移動し、テントの中をレンズ越しにのぞく。

「んんふっ、みんな溶けちゃう……」

利沙が唇をキスのかたちにめくって、白い氷菓をしゃぶる。

（撮ってるな。どうだい、美少女の疑似フェラだよ）

離れているからシャッター音は聞こえないが、男性の指がレンズのズームリングやモード変更ダイヤルを忙しく動きまわっているのはわかった。

極小ビキニの渓谷に、幼い性器の輪郭を浮かびあがらせた凜々しい美少女が、とろとろの白濁液を顎に伝わせて、男性器を思わせる氷の丸棒をしゃぶっているのだ。

きっと数週間たてば、目線入り小学生の疑似フェラ画像が、まだ無法地帯だったこの時代のネットの掲示板を賑わせるのだろう。

男性がさらに一歩近づこうとしたので、恭介は無邪気な少年の笑顔を浮かべて会釈した。「海水浴の記念写真を撮ってくれるんですか。面白いなあ」とでも言いたげな少年の視線を受け止め、男性は盗撮をあきらめて去っていく。それでも、彼にとっては最高の収穫が得られたはずだ。

（だけど、残念。この娘、本当は俺のチ×ポをしゃぶってたんだよ）

美少女を独り占めする優越感が、恭介の興奮をさらに誘う。

「んあ……いなくなった？」

仲のよい少年の脇に寝そべってアイスを食べる演技をしていた利沙が顔をあげる。

「ああ。もう、誰も見ていないよ。続けて……」

甘いミルクと少女の唾液をまぶされた肉茎をさし出す。

自分の牝ペットを他人にさらすという新たな遊びを知って、肉茎は反り返っている。すでに子供のかたちではない。牡の兜を戴いた勃起槍だ。

「あん……ぜんぶ、頭を出してくれたんだ。あたしで……ドキドキしたの？」

利沙はうれしそうに口角をあげる。

キャラクターのアヒルのようなぷりっとした唇が尿道口に迫り、リコーダーを吹くようにちゅっと吸いつく。

（まわりに人がいてもしゃぶりついてくる。なんて大胆なペットなんだ）

濃縮ミルクの甘い香りを漂わせる口が亀頭をひとのみにした。

「くう、いいっ」

アイスキャンディで再び冷やされた舌と頬が、敏感な牡の先端を包む。

はるか昔、貴族たちは氷を含ませた女奴隷の口奉仕を好んだと聞いたことがある。

（冷やしフェラ、とんでもなく気持ちいいぞっ）

じゅっぷ、じゅぷっと冷えた唾液が肉茎を伝っていくのも刺激になる。

「んはぁ……恭介の変態。気持ちいいんでしょ」

「利沙こそ……アイスよりチ×ポをしゃぶってるほうがうれしそうだぞ」

「んふ……そうだよ。あたしも……変態の仲間だもん。んくぅ……」

利沙の手が牡の根をとらえ、輪にした指でしごいてくれる。

「う……おおっ」

恭介の中身は二十七歳なのに、十二歳の少女に翻弄されている。

まだ処女を失って間もないのに、利沙はすっかり男根遊びの虜だ。

口中が温まってくると唇をアイスキャンディに移し、舌を冷やしてからフェラチオに戻る。その行程を何度もくり返す。

「うくぅ……続けて。手をもっと……激しくっ」

こくんとうなずくと、手しごきと唇のストロークが同調する。

にゅく、ちゅぱあっ。

淫らな奉仕の協奏曲（コンチェルト）だ。

二十七歳の肉体でも射精まで三分も耐えられなかっただろう。まして今の恭介は十二歳の、堪え性のない少年だ。

「あううっ、利沙……イクぞっ」

左右のツインテールをぎゅっと握り、肉茎の根元まで引き寄せる。

同時に爆発が起きた。

「んんあっ、あふっ、んん……っ」

利沙の後頭部が震えた。

「あ……おうう、出てる……くう」

「んあ……熱い。たくさん……」

舌根と喉で、大量の若液を受け止めた利沙が涙を滲ませる。

「んく……ぷはあっ」

息継ぎするように顔をあげると、半開きの口から、濃すぎて白濁どころか黄色がかった精液がつうっと糸を引いて落ちた。

「あはあ……恭介の精子、苦くてまずい……でも、おいしいよ」

(くうっ、射精した直後から、もう出したくなる)

呼吸もままならずに口唇奉仕を続けたのに、微笑んでみせる。

恭介はその唇を指で拭ってやった。

2

「入って。サンダルのままで大丈夫だから」

砂浜沿いの国道に面した瑞月家の別荘は、古い洋風建築だった。

戦前に建てられた貿易商の別邸を移築したものだという。

半円の階段から、ステンドグラスのはまった大きな玄関ドアを開ける。

「映画のセットみたいだ」

瑞月家で雇われている父から、海に別荘があるとは聞いていたが、想像以上に大きく、豪華だった。

広いフロアの奥には、数脚のソファと、古そうだがよく磨かれたグランドピアノが置いてあった。演奏用の椅子が二脚。片方は低い。利沙専用のものだろう。

大きなビーチマットをかかえた恭介は、ぱたぱたとサンダルを鳴らして廊下を進む利沙についていく。

恭介が与えた過激水着を身につけた後ろ姿は、目を細めると裸にしか見えない。

「先に砂を落としちゃおうよ。マットごとこっちに来て」

利沙がガラス張りのドアを開けた。

壁も床も、磨いた白い大理石張りの浴室だった。天井は温室のようにガラス張りで、太陽が真上にある。

(驚いたな。ウチの家より広いんじゃないか)

楕円形の浴槽に、勢いよく湯が注がれていく。

「シャワー、かけてあげようか」

利沙がビキニ姿を自慢するように腰に手を当てて正面に立つ。

恭介には気になっていることがある。

「あのさ……誰もいないみたいだけど、おまえのパパと華江……ママはどこに？」

瑞月家が別荘に泊まるからと誘われたのだ。利沙と秘密を共有する華江はいいが、混浴を父親に見つかるわけにはいかない。

利沙は「んーっ」と人さし指を立て、少し間を置いた。

「……いないよ。今日は二人だけ。あたしはピアノ教室のお友だちの家でお泊まり会だって言ってあるから」

いたずらが見つかったと言いたげにぺろりと舌を出す。

だが父親はともかく、華江は二人が抜け駆けをしたと気づくかもしれない。

母娘と三人、音楽室での痴態を思い出す。最後に服を整えながら、華江は「また……秘密の遊びをしましょう」と囁いてきたのだ。

（二人きりもいいけど、母娘３Ｐは強烈だったからな）

思い出すだけで、射精したばかりの肉茎がむくりと反応する。

（おかしいな。なんで華江の顔……思い出すのは夢の中の三十歳だけなんだ）

約十年、自分を肉玩具として扱ってきた、高慢な四十代の熟女の顔がぼやけている。かわりに、浮気こそしても娘を大事にして、恭介の愛撫に乱れてくれた若い人妻の笑顔が記憶を侵食しているのだ。

「いいのか。華江さんを仲間はずれにしたら……」

言いかけた恭介の肩に、利沙が顔を埋めた。

恭介が命じたエッチなおつかいの恥ずかしさと、テントでの半露出の精飲が連続して興奮したのだろう。湯気がこもる浴室でも、体温がいつもより高いのがわかる。

「だから内緒にしたの。恭介のこと、独り占めにしたかったの」

「……利沙」

もともと恭介より背が高いうえに、モデルのように脚が長いから、三角ビキニの股間にできた柔らかな割れ目に幼茎をすりつけるかたちになる。

「ね……脱がして」

床に置いたビーチマットの上に、利沙が体育座りする。

その背後に膝をつき、恭介はツインテールが湿気で貼りついた首のリボン結びを解く。乳首をようやく隠していた極薄の二つの三角形が剝がれた。

両腋の下に手を通す。じっとりと汗で湿った、まだ無毛の薄い皮膚の感触が心地よい。手の甲で腋の窪みをさするとくすぐったいらしく、利沙はくすくす笑い出した。まわした手で砂糖菓子のように繊細な突起ごと、わずかな盛りあがりを包んでやる。

「売店までのおつかいの途中で、みんなに水着を見られて興奮したんじゃない？　ほら、乳首がぽちっととがってる」

「んっ、そんなこと……ないよぉ。触られたからコリってなっただけ」

「嘘だな。テントに戻ってきたとき、水着の上からも乳首がくっきり浮いてた」

二本指で小粒をつまみ、ちょっと意地悪に引っぱってみる。

「あ……はあんっ、ちがう……興奮なんか、してない」

「興奮してないのか。じゃあ、勝負しよう。これから下の水着を脱がせるけど、オマ×コがちゃんと乾いてたら利沙の勝ち。興奮して濡れてたら……俺の勝ちだ。負けたほうが、なんでも言うことを聞くんだ」

「う……うん。大丈夫……だと、思う……」

手のひらに吸いつく艶やかな肌を撫でて、腰の左右にある二つのリボン結びを同時に引っぱる。

「あん……」

濡れているどころではなかった。

「糸を引いてるぞ。下着の裏までぐっちょりだ」

「いっ、いやーん」

通販で届いてすぐに恭介がクロッチを剝がした水着には、くちょくちょの大きな染みがあった。まるでお漏らししたようだ。けれど立ち上る匂いから尿ではなく、甘ったるくて生気に溢れた少女の花蜜なのがわかる。

「嘘つき。こんなに濡らして……俺の勝ちだよ。さて……どんな命令にしようかな」

座った利沙の背後から抱きかかえる。

左手は左の乳首をつぶしてからかい、右手は可憐な陰裂に沈める。疑似オナニーだ。

「んっ……くふぅ。いじっちゃ、いやぁ」

人さし指と薬指で狭い渓谷をひろげ、中指を縦長の泉に沿わせて上下に擦る。

「くっちゅくっちゅ、いやらしい音がしてる。いくらでも漏れてくるよ」

指の第一関節を膣口に埋めると、指のつけ根がちょうど小粒な陰核に当たる。指を少し動かすだけで、利沙は瞼をわななかせてせつなそうに「ああんっ」と鳴く。

「はぁ……いじめないでぇ……変な声、出ちゃうぅ」

ついこの間まで、クラスの女王様として君臨し、恭介や他の男子と肩が触れただけでぎゃあぎゃあと罵倒していた少女とは思えない。

「あ……ひん、あたしばっかりエッチにして……ずるい」

しっとりと汗ばんだ少女の手が背後にまわり、水泳パンツを引き下ろした。

ぶるんと半勃ちの幼茎が現れる。

震える手が先端を包む。

「うう……恭介から……白いの、精子……また搾っちゃうんだから」

一方的に責められるのはプライドの高い女王様には我慢できないのだろう。仕返しをしようというわけだ。

（身体は小学生同士でも、俺の中身は大人なんだ）

女体の構造には自分のほうが詳しい。

指の腹で膣口をたたき、花蜜たっぷりの泉を探る。

「ああーん、だめぇ。あたしがなにもできなくなるぅ」

未発達な性器は陰唇のはみ出しもなく、窪みの奥に清水を溢れさせる裂け目がひっそりとあるだけだ。その極小の膣口を指先で擦っただけで瞳をとろんと潤ませ、半開きの唇から唾液にまみれたおいしそうな前歯がのぞく。

（触るたびに大人の反応に変わっていく。毎日育つ朝顔みたいだ）

海水浴場に来たとはいえ水温が低くて海には入っていないから、水着のボトムの中で半咲きの蕾は熱く蒸れていた。

体温に誘われるように中指を進める。処女のときより襞が複雑になった気がする。

「利沙の奥がひくひくしてる。テントでチ×ポをしゃぶったとき、盗撮マニアのおじさんに見られてたのも興奮したんだろう」

「いや……きらい、きらい……」

恭介の胸に預けた背中をくねらせる。

膀胱の裏あたりに、他とは違うふくらみがあった。利沙の母にもあった、ざらつく大人の女の快感スポットだ。指先でくいっと押しこんでみる。

「は……ひいいっ、ああ……」

利沙は釣りあげられた魚のようにびくんと背を伸ばし、恭介の腕の中で跳ねた。

「ここが感じるのか。いいよ。このままイッちゃえよ」

未開発のスポットをノックするたびに、面白いように花蜜が染み出す。指一本だけで絶頂に達するのも時間の問題だろう。

「だめ……これ以上するなら……ああ」

背後を振り返った利沙は、すねたアヒル口で黙ったままだ。

「なに？」

恭介がとぼけると、察してよと言いたげに恨めしそうな目をする。

「まだ続けるなら……先におトイレに行きたい」

目の縁が羞恥と興奮で赤くなっている。

利沙が恐れていることはわかる。まだ成熟していない身体は、絶頂に達すると尿道が緩んでしまうのだ。

利沙は海水浴場で、暑いからとソーダを飲んでいた。きっと彼女のかわいらしいサイズの膀胱は、限界までふくらんでいるのだろう。

「おねがい。ちょっとだけ。すぐに帰ってくるから……」

利沙の困り顔がなんともかわいらしい。ちょんと生意気に上を向いた鼻の頭が緊張の汗で光っている。丹念に釉薬をひいた陶器の人形のようだ。

この先十五年、恭介を嘲笑し、いじめつづけるように育つとは信じられない。

ロビーに置かれたグランドピアノのことを唐突に思い出す。

(利沙がピアノを弾くところを、いつか見てみたいな)

もといたはずの現実の世界では、瑞月家のわがままな一人娘が演奏しているのを見たことはない。見ようとも思わなかった。恭介の日常の中で、瑞月母娘は畏怖すべき存在だったのだ。

(頭がぼんやりする。現実の利沙……二十七歳の利沙はどんな髪型で、誰と結婚していたんだっけ……)

瑞月利沙という名を聞いて思い出すのは今、ビーチマットの上で恭介の腕に抱かれて居心地悪そうに裸の背中をくねらせている少女だけなのだ。

この夢の世界の一日目を振り返る。取り巻きの女子を連れた軍団のリーダーは、トイレで黒目がちな大きな瞳で見つめたまま射精を命じた。そして、横にした恭介にたっぷりと小水を浴びせたのだ。

(おしっこをかけられるのは屈辱的だったけど、すごくドキドキした)

思い出しただけで肉茎がぐぐっと猛る。

(利沙がイクときに漏らす、うれションの癖だって、あの恥ずかしそうな表情がいいんだよな。最高に情けなくて、哀しそうなのにかわいいんだ)

「さっきの勝負は俺の勝ちだったよね。命令を思いついたよ」

恭介は砂がこびりついたビーチマットに腰を下ろすと、利沙の手を引いた。

「この前のトイレみたいにおしっこをするんだ。ただし……」

逃げられる前に、スクール水着の日焼け跡が残る、薄い肩をつかんで引き寄せる。

「俺に跨ったまま、漏らすんだ」

「いや……むりだよぉ」

利沙が眉をひそめ、頭を振る。

しかし、想像以上に膀胱は限界らしい。立ちあがることもできず、へたへたと座りこんでしまった。

利沙が恭介の腰に座ったかたちだ。対面座位に近いが、結合はしていない。

無毛の三角地帯に刻まれた桃色のクレバスに、肉茎が挟まれている。

「ああ……あたしからチ×チンが生えちゃってるぅ……」

「手コキしてごらん」

「てこ……き？」

お嬢様育ちの六年生の語彙にはないだろう、下品な単語だ。

けれど頭の回転が速い利沙は、恭介がなにを求めているのかわかるはずだ。

「ひょっとして……こう？」

正解だった。利沙は自分の陰裂を割ってにょっきりと伸びた肉茎を握ると、上下にしこしこと擦りはじめたのだ。

男の自慰とは逆向きに反った若竿を、利沙が探るように動かす。

「ああ……熱いよう。あたし、ちゃんと……できてる？」

「くうっ、いいよ。利沙の手コキ……気持ちいい」

陰裂に挟まれた竿根が、とろとろの花蜜でぐっしょり濡れている。

「あっ、びくんって跳ねる。恭介のチ×チン、あたしの手を気に入ってくれてる」

汗ばんだ手のひら、細くて柔らかい指、そしてぎこちない動き。男性器に慣れていないから、テクニックなどなにもない。

けれど単純で肉体的な快感よりも、凛々しい美少女が眉をへの字にした困り顔で牡肉を握る姿が、強烈な刺激を与えてくれる。

利沙の手淫は三分も続かなかった。

「ねえ……お願い。やっぱり……もう限界。おトイレ行くっ」

「だめだ。命令だよ」

立ちあがろうとした瞬間を逃さず、腰のくびれをつかんでずんと引き下ろす。

天を仰ぐ切っ先を、利沙の狭隘（きょうあい）な花のトンネルに当てた。

「あっ、あ……ああっ、入るっ、チ×チンされちゃう」

利沙が使う「チ×チンされる」という幼い挿入の呼びかたは、二十七歳の恭介の背徳感を煽る。

ずぶぶっ。

とろとろに濡れていた膣口のセンターを射貫いた。対面座位での結合は深い。

「ひっ、ああ……だめえ。おトイレなのっ」

恭介は慌てる利沙の腰を位置決めしたまま、今度は下から芯を突く。

膣道がすっかり恭介の太さに慣らされている。

粘膜の段差が亀頭を包んで歓迎してくれるのだ。

「ひあああん、いやあ、奥はだめ。漏れちゃうっ」

恭介は深い位置に肉茎を落ち着けると、ストロークではなく腰をぐりんとまわす。

「ほら。とんがりをつぶすのも好きだよね」

騎乗でつながる二人の無毛の丘を擦り合わせると、クリトリスが男女の肌にやさしく挟まれる。

「は……ああっ、すごい。じんじんするぅ……」

恭介は休まない。

座位で貫いた利沙の身体をわざと不安定にして抽送し、膀胱を揺さぶる。

「お……おおんっ、だめ、だめえっ」

「我慢しなくていいんだ。利沙のおしっこ……あったかくて、大好きなんだから」

膣道にはめた肉茎をびくんと揺らし、膣壁の向こうにある膀胱を圧迫してやる。

そこはちょうど、大人になりかけた女性の快感スポットでもあった。

「んひいいっ」

利沙の反応は激しかった。

「変になる。ああ……おしっこの穴と……チ×チンされてる穴が溶けちゃう」

膣道がぎゅっと収縮し、亀頭を抱きしめる。利沙が絶頂する寸前の兆候だ。

「それ……おしっこしながらイッちゃえっ」

肉兜の裾で膣襞のざらつきを削りながら、腰のくびれをつかんだ手をずらし、つるりとした下腹の雪原を指で押した。

ちょろり。

膀胱を圧迫されて、尿道口が限界を超えた。

「あーっ、あっ、あああああ」

しゅわわ……と生ぬるい液体が二人の結合部を濡らし、ビーチマットへ渓流のように落ちていく。

「くおおっ、オマ×コの中からも、おしっこが流れていくのがわかるよ。いいっ、すごくいいぞ。あったかくて……気持ちいいっ」

倒錯的な喜びに肉茎を振りまわし、跨った利沙を踊らせる。恭介は騎手の少女を翻弄する暴れ馬だ。

「んあああぅ……はあああっ。だめ、おしっこといっしょに変になっちゃう。おしっこしながら『イク』になる、悪い子にはなりたくない……っ」

利沙は目を大きく見開き、唇を割った舌がひくつく。

(この顔……チ×ポに伝わる感触。絶対に忘れないぞ)

渾身の力をこめ、真下から未成熟な子宮を歪ませる。

「お漏らししながら……イケっ」

ずんちゅっ。

性的に未熟な男女とは思えない、濃厚な蜜鳴りが膣内を震わせる。

「んはああっ、ひんっ、ひぃい……イクの。恥ずかしいよぉ……」

ひと突きするごとに利沙の小さな穴から放たれる、信じられないほど勢いのある放水が、二人の下半身を濡らしていく。

「あたし……ああっ、恭介に『イク』にされちゃう……アイスみたいに溶けちゃう……はあああっ」

バレリーナのように背中を反らせ、天を仰いで利沙が悦に溺れる。

「んひ……あはあ……イクの好き。イカされるの好きぃっ……」

柔らかな肉体を痙攣させながら、少女は髪を振り乱して絶頂に達した。

3

別荘には三つの寝室がある。

利沙が選んだのは、最上階にあるいちばん広い寝室だ。天窓から陽光が降り注ぐ。

キングサイズのベッドは大きすぎて、互いの身体をくっつけていないと不安になる。

二人を覆う白いシーツで和らげられた日差しが温かい。

(裸で並んで寝てる。映画の恋人同士みたい)

利沙はドキドキする胸に手を当ててみた。

お風呂で洗いっこをしている最中も、ずっと鼓動は激しいままだった。

(なにもかも、恭介に見られちゃった……)

裸の胸も、女の子の大事な場所も、ママと同じ「イク」のときの顔も。そして、絶頂といっしょにお漏らししてしまう癖まで。

「うーっ、恥ずかしいよお……」

二人で潜ったシーツの中で、利沙は脚をばたつかせた。

恭介はそんな利沙の様子を、にこにこしながら眺めている。

（恭介、なんだか大人みたい）

今までのように乱暴に、モノ扱いされるのも嫌いではなかった。

（ずっと……低学年の頃から情けない男子だった恭介が、急に男っぽくなって）

隠していたが、まるで蝶の脱皮のような彼の急激な成長は、利沙にとって新鮮で、うれしかった。

急に大人びた恭介に命令され、無理なことを言いつけられるのも、なんだかゲームみたいで面白かったのだ。ときにはわざとすねて、恭介の視線を自分だけに向けさせるのも楽しかった。

唯一の、そして強力なライバルが母の華江だ。

（ママには……絶対負けないんだから）

別荘での週末は、両親にも友だちにも内緒だ。

（今日と明日で、恭介があたしにしか興味が持てないように、がんばるつもりだったのに。あたしがリードされてばっかり……）

利沙は不満だ。

海水浴場の過激水着での露出おつかいや、ビーチテントでのフェラチオ、そしてお風呂でのおしっこプレイと、恭介に翻弄されっぱなしなのだ。

（こんなはずじゃなかったのに。あたしが恭介を夢中にさせる予定だったのに）

そう思っても、エッチになると、もう利沙は冷静でいられない。

（エッチなこと。イクのこともいいけど……終わってから静かなのも好き）

台風のあとの青空や、運動会のあとのグラウンドの整理。夏祭りのあとで、屋台を片づける近所のおじさんたち。華やかな時間が終わった、温かな寂しさが好きだった。

「あったかいね、恭介って」

腕をさし出して枕にしてくれる。細くて頼りないけれど、男子の腕は筋肉が硬くて、枕にすると気持ちいい。

「さっきから、ずっとあたしのこと見てる。飽きないの？」

「今日のこと……なんだか、俺にとってすごくいい思い出になりそうだから」

映画みたいな口調がくすぐったい。

（恭介が、いつの間にか自分を「俺」って呼ぶようになってる。大人だ）

お風呂を出て、ドライヤーで髪を乾かすのもそこそこにベッドに入ってしまった。濡れた髪を恭介が指で撫でてくれる。なんだか子供扱いされている。

「ねえ、次はあたしに……させて」

利沙はシーツの中で身体を起こし、恭介の下半身に顔を寄せた。

(やっぱり……さっき、あたしだけが満足しちゃったんだ)

肉茎はたくましく屹立したままだった。

「ごめんね。あたしを気持ちよくさせてくれたのに……放っておかれて、苦しかったよね」

ぷりんっと光る、ルビーのようなまるい頭にお礼のキスをする。びくんと跳ねてくれるのがうれしい。先端に刻まれた小穴をとがらせた舌で舐める。

(ちょっとだけ……あたしの中の味がしてる)

「あ……あっ」

尿道口に舌先を埋めると、恭介が気持ちよさそうに悶えてくれる。

肉茎の根元をやさしくつかんだ。まだ成長期の小さな手では、かちかちの若竿が太すぎて指がまわしきれない。

「さっき教えてもらった……手コキって、これで合ってるかな」

木の幹にからまった蔦(つた)みたいな血管に沿って下から上へ、ゆっくりと動かす。

「ああ……利沙の手が気持ちいいよ」

うっとりした声に励まされて、手のスピードを増していく。

根元にたまった男子の白い液を搾りあげるイメージできゅっとしごく。

「三年生のときだっけ、遠足で行った農場で、あたしと恭介、いっしょの班で牛の乳搾り体験をやったよね」

大きくて臭いも強い牛に圧倒されて、なにもできずにいた利沙の手を取ると、恭介は手を重ねて乳搾りを教えてくれたのだ。

作業を手伝ってくれたよりもうれしかったのは、利沙が動物を苦手だと周囲に言いふらさないでくれたやさしさだ。

「ええと……そうだっけ？」

本人はきょとんとしている。

「もう……忘れっぽいんだから。罰だよ」

亀頭をぱくりと口に含むと、強めに吸った。

(鈍感なヤツは、あたしのお口で……ミルク、ぶちまけちゃえっ)

んく、んくと喉を鳴らして勃起を吸いながら、太い胴をしごく速度をあげる。

「ううっ、いい。気持ちいいっ」

恭介の声が利沙の内ももを震わせる。

「く……利沙に反撃してやるっ」

絶頂の余韻でぷくんとふくらんでいた肉芽を摘まれた。

「んひっ」

（いやあ……変な声が出ちゃった）

上になってフェラチオするのに夢中で、恭介の顔が脚の間に滑りこんだのに気づいていなかった。受け身だった恭介が、二枚合わせの少女の扉をふわりと開いた。

（あたしの身体の細かいところまで、みんな知られちゃった……）

利沙を産んでくれた両親ですら知らない、神秘の門の中に踏み入ったことがあるのは、この世で恭介だけなのだ。

くちっ。ちゅぷっ。

利沙の膣口は、恭介の指がお気に入りだ。うれしそうに花蜜を染み出させて歓迎してしまう。

「温かくて、濡れてて……おいしそうな匂いがする」

指だけではない。恭介の舌が咲きかけの花弁にキスしてくれると、下半身の硬さが消えて、ぬるま湯に浸かっているように身体が溶けていく。

子供同士のシックスナインだ。柔らかい身体がからみ合う。

鼓動が高まり、息が苦しくなって、亀頭から口を離してしまった。

「は……ああん、だめだよ。それ以上続けたら……あたし、恭介を『イク』にしてあげられなくなっちゃう」

「いいんだよ……利沙をイカせるのが好きなんだから」

恭介の舌が陰裂に沿って上下する。花蜜を舐める舌が桃色真珠に当たる。

「ひううっ、好きっ……中も外も……気持ちいいよう」

濡れすぎの欲張りな膣道に指が侵入してくる。

「あっ、あ……入ってくるっ」

利沙は慌てて、口から出したばかりの唾液まみれの肉茎にしゃぶりつく。

「んんく……えくぅ……はうう、精子を搾ってあげたいのぉ」

尿道口から塩気のある雫がぷくりと溢れた。舌先でつるつるの亀頭にまぶす。

「エッチな舌だ……でも、負けないよ」

とろとろの花蜜に覆われた膣洞を指で探りながら、唇は陰裂を離れてもっと上へ進む。会陰にキスの雨を降らせ、さらにお尻のまるみをたどる。

利沙がリードするつもりが、すぐに反撃されて、しかも簡単に負けてしまう。

「あ……ひっ」

敏感な窄まりに舌が当たった。

「いやーん、お尻……だめだってば」

はじめて恭介に刺激されたときは汚いからと拒否した。次にはくすぐったいと抗った。今度の「だめ」は、感じすぎてお返しができないという意味だ。

「ふあ……花の蕾みたいにきゅっと締まって……」

放射状の皺を数えるように、ちろちろと舌が動く。

「はああっ、うう……お尻がじんじんするよぉ」

お風呂やトイレではなにも感じないのに、恭介に舐められると桃色の空気を吹きこまれたように痺れてしまう。

「お尻が内側から開いて、もっといじってって頼んでる」

窄まりの内側までたっぷりと唾液をまぶされて、肛肉のリングの中心から空気が流れこんだ。身体の内側が冷やされる。

渦の中心、極小の穴に、舌よりもずっと硬いものが打ちこまれた。

「は……ああっ、指を挿れたらいけないの……恭介のこと、汚しちゃうぅ」

お風呂できれいにしたとはいっても、むやみにいじってはいけない場所なのだ。

「でも、ママは……華江さんはここでも気持ちよくなってたよね」

「う……ううっ」

音楽室で、恭介に後ろの穴を貫かれて淫らなイキ顔を見せつけた母の姿を思い出してしまう。

（ママには負けないっ）

脚を開いて、恭介がいじりやすいように双丘を閉じていた力を抜く。

つぷぅ。

唾液で濡らされた指がゆっくりと肉リングを通っていく。

「ん……はああっ」

力をいれていると疼痛まじりの違和感があったのに、息を吐いてリラックスすると、身体の芯を探られるような、不思議な感覚は決していやではなかった。

「あっ、あ……ああ」

「利沙の中……ふかふかのお布団みたいだ」

鉤のように曲がった指が利沙の身体の中を探検している。

「はああ……ううっ、お尻が……変な感じ……」

なにもかも恭介にさし出して、支配されているのがうれしい。

「ほら、オマ×コに入ってる隣の指が、お尻の指と遊びたがってる」

（だめ。女の子の穴と、お尻の穴が気持ちよすぎて、なんにも考えられない）

肛肉だけではない。すでに穿たれていた膣道の指も演奏に加わる。

「は……ああっ、挟まれちゃう。はうう。指が……暴れてるぅ」

すでに大人の快感を知った膣道と、はじめて他人を受け入れた排泄器官を隔てるこりこりの隔壁。それは女性の性感帯のひとつだ。

（オマ×コって言いたい。オマ×コ気持ちいいって恭介に伝えたい）

「あ……あああああっ、だめ。いっしょはだめ。はうぅっ、頭の中がまっ白で……お尻と……オマ……オマ×コのことしか考えられなくなるぅ」

まだ幼い身体は、襲いかかってくるダブル快感の波に耐えきれない。

「くる。きちゃう。もう、きてるぅ」

利沙は興奮した子馬のように、ベッドの上で飛び跳ねる。

「ああっ、利沙のオマ×コが俺の指を食べてるっ」

「はうううっ、いい、いいの。イクの。あたし……恭介にイカされるぅ」

お風呂で空になった膀胱がきゅうぅと収縮し、尿道が緩む。ちちっとわずかな小水が陰裂を伝う。絶頂のサインだ。

「オマ×コとお尻でイカされるのが好き。はあああっ、恭介が……好きぃ……っ」

幼い身体を強力すぎる悦の大波に翻弄されて、全身から青草にも似た若い汗を撒き散らす。利沙の甘い悲鳴が、寝室の天窓まで震わせた。

4

「うう……なんで毎回、恭介の好きにされちゃうの……」

利沙が恥ずかしそうに顔を両手で隠している。

やがて、ゆっくりと身体を起こし、恭介の胸に頬を寄せる。

「でも……今度こそ、あたしが『まいった』って言わせるんだから」

高飛車な美少女が、恭介を追いつめる。

上質の絹のような肌が火照っている。溶岩のように熱くて、触れるだけで火傷してしまいそうだ。

イキたての新鮮な汗が、シーツに覆われた二人の空間を湿らせていく。

(なんだろう。そろそろ……夢から覚めてしまいそうな気がする)

恭介が利沙の腰を引き寄せようとすると、少女は眉を吊りあげた。

「だめだよ。もう、許さない」

猫科の獣のような好戦的な瞳で舌なめずりする。

「あたしのこと……一生忘れられなくしてやるんだから」

しなやかな肢体が恭介に馬乗りになる。

（背は高いのに、軽いなあ……）

小学生男子の身体でも支えられるほどだ。

利沙がばっとシーツをめくる。マントをはだける変身もののヒロインのようだ。

午前中の海水浴場でうっすらと日焼けしている。桃色の控えめな乳首と、無毛の陰阜だけが過激ビキニの三角形に白い。

まだ幼い身体なのに、天窓から注ぐ陽光に照らされたツインテールの美少女は、すでに女としての悦楽を知っている。

「恭介は動いちゃだめだからね」

利沙はベッドに突いた両膝で恭介の腰を挟む。恥丘に刻まれた縦溝が割れ、桃色の貝肉がのぞく。

小さな手が恭介の下腹に伸び、屹立したままの肉茎のくびれを摘まんでくいっと真上に向けさせる。

「かちかちだね……ご機嫌なおして。あたしが、気持ちよくしてあげるから」

亀頭冠はフェラチオの余韻を残し、まだ乾ききっていない。利沙のおちょぼ口の肉唇は、恭介の舌戯できらきらと光っている。

「う……くうっ」

利沙が斜め上を見あげたまま、ゆっくりと腰を落としていく。

互いの唾液に濡れた恭介の穂先と利沙の膣口が触れる。

性器を使った間接キスだ。

「ん……ああっ、ずぶって……チ×チンが上ってくる」

恭介にとっては膣口が下りてくるのだが、利沙にとっては、肉茎がゆっくりと上昇してくるように感じるのだろう。

「ん……っ、ん……」

利沙が主導権を握った、はじめての騎乗位だ。

(オマ×コがくびれてるみたいだ。いつもと違う場所を擦られる)

反り返った肉茎が、きゅんきゅん収縮する活きのよい膣襞に絞めつけられる。

「あん……このつながりかた、気持ちいい。好きかも……」

ちゅぷ……と膣道の奥で溢れた花蜜が、肉竿を伝う。

利沙の中に、すべてが収まった。

「はあ……奥まで届くぅ……」

すっかり剝け癖がついて、大人になった亀頭が、こりこりの子宮口に触れた。尿道口を包むように箱入り娘の粘膜が変形する。

「うう……温かくて、びくびくしてる。利沙の中、たまらないっ」

利沙が恭介の胸に両手をつくと、ゆっくりと腰を動かしはじめる。

「恭介のチ×チンが、あたしの……中を、気に入ってくれてるんだ……うれしい。あん……あたしは、チ×チンが大好きになってる」

甘い口調で恭介を見下ろしている。

仰向けに寝た恭介と、その上にしゃがむ利沙という位置関係は、女子トイレで身体に小水をかけられたときと同じだ。けれど、表情はまったく違う。

蕩けた瞳と、うれしそうに半開きになった唇、そしてまっ赤になった耳と頰。騎乗で腰を振る利沙は、おとぎの国で踊る、いたずら好きな妖精のように男を惹きつける。

「すごくエッチな顔になってるよ」

「はぁ……あんっ、あたしがこんな顔を見せるの……一生で恭介だけだよ……」

愛らしい告白に、思わず下から思いきり突きあげてしまった。子宮口への不意打ちに、つるりとした下腹がびくんと震えた。

「はんっ、だめぇ……今日は、あたしが動くのぉ……」

ぷうっと頬をふくらませて、マシュマロのような尻肉がくいっ、くいっと上下する。

(ぎこちない動きなのに、すごく気持ちいい。すぐにイッちゃいそうだ)

新鮮なシロップが亀頭を洗って垂れ落ち、二人の結合部を濡らしていく。

利沙が上体を支える手が、恭介の乳首に触れた。甘美な快感が走る。

「うっ」

男の乳首に性感が潜んでいるなど知らなかった。

「ああん……恭介も、ここ……感じる？」

「あうっ、ああ……そんなところが気持ちいいなんて知らなかった」

「あたしだけが知ってる、恭介の秘密だね……」

うれしそうに乳首をくりくりと指先でくすぐられると、恭介も変声前の甲高い声で
あんっと嬌声をあげてしまう。

女性からリードされ、快感を与えられるのがどんなに心地よく、幸せなことか。

恭介の視界が桃色に染まっていく。

「くううっ、このままじゃ……先にイキそうだよ……はうっ」

動きを緩めてほしかったのに、利沙の腰振りダンスはさらに激しくなる。

「ああんっ、あたしだってイクのを我慢してるんだからねっ。はやく……恭介にイッてもらいたいんだから……」

くちゅっ、くちゅうと膣道から響く水音が大きくなる。

子宮口が緩み、恭介の先端にしゃぶりつく。

肉茎はすでに子宮の下僕だ。

「う……ああんっ、吸われて……ひいいっ」

あまりの快感に、女のように悶えてしまう。

利沙が全身をばねにして吐精を誘う。

「はうぅ、そうだよっ。恭介の精子が欲しくて……あたしの中が吸ってるの。はやく、ちょうだい。熱いのいっぱい……ちょうだい……っ」

悦のあまり頭の中に霧がかかったようだ。

「あうううっ、イクよ……利沙の中で、イクっ」

ぼやけた視界の中で、さくらんぼ色の唇が迫ってくる。

「好き……好きっ」

恭介が人生ではじめて知るキスだ。

利沙の唇は、この世のなによりも柔らかく、おいしい。

どくっ。どくり。

最高の快感が濃厚なマグマとなって駆け抜けていく。

「ああんっ、熱い。あたしも……いっしょに……はああっ、イクのぉ……ああっ」

終わらない射精を、柔らかな最奥がやさしく受け止めてくれる。

(最高だ。利沙に……溺れるっ)

目の前の桃色が明滅し、恭介の身体がふわりと浮いた。

エピローグ

(なんの音だ。ここは……海なのか)

ちゃぷ、ちゃぷんと水音が聞こえてくる。下半身が温かい。

「あは……起こしちゃったね」

やさしいソプラノが耳に心地よい。

(ああ、俺は瑞月家の別荘にいるんだよな)

大きな天窓が目に入った。

深い眠りのせいで身体が重い。

「ふふ。眠っていても、触るとつんってとがっちゃうのね」

ローズピンクのマニキュアを塗った指が恭介の胸筋を這う。乳首をとん、とんとノックされるたびにくすぐったさの混じった快感が走る。

「……昨日、あんなに出したのに、もう満タンなのね」

別の女性の声も聞こえた。ハスキーなアルトだ。

こっちゅ、こっちゅとリズミカルな水音が響く。二つの温もりが恭介の身体に寄り添っている。

ゆっくりと目の焦点が合ってきた。

裸の胸に頭を載せていたのは、若い女だ。

「昨日は疲れちゃったでしょう」

利沙だった。長い黒髪が胸筋をくすぐる。

（あれ……利沙で合ってるよな……？）

記憶の中にある少女と同一の女性なのに、雰囲気が異なっていた。

服は身につけていない。

大きく育った乳房の頂点で、イチゴ色の乳首が男の目を誘う。乳腺が発達したせいで乳輪がぷっくりと隆起している。母乳を作る準備は着々と進んでいるのだ。

下腹が柔らかなラインでふくらんでいた。縮れた茂みは小さめだ。

「いやね。久しぶりだからって、あんまりエッチな目で見ないで」

（そうだ。もう、二十週……五カ月目だから安定してきたんだな）

安定期に入るまではセックスを控えることにしていた。

(先週から別荘にきてたんだよな……利沙は悪阻がひどくて、先に休んで)

二度目の結婚記念日を、思い出の別荘で迎えようと提案したのは利沙だった。若手の有望ピアニストとしての活動も、出産までは休業で時間はたっぷりある。

「ごめんね。ずっとおあずけで」

妊娠してホルモンバランスの影響なのか、独身時代の凜々しい雰囲気に加えて笑顔が柔和になってきた。

「来月になったら、おチ×チン、してもいいんだって」

利沙が手を伸ばして恭介の頬を撫でる。ひげの剃り跡の触り心地が好きらしい。

(俺をいじめてた、高慢なお嬢様の利沙が、ずいぶん甘えるようになって……って、あれ……それは俺の夢に出てきたまぼろしだっけ)

凄まじい勢いで記憶が上書きされていく。大長編映画を早送りで観ている気分だ。

実父を亡くし、天涯孤独になった恭介は瑞月家の雑用として雇われたが、義父に見こまれて瑞月家の家業である美術品の輸入を手伝うようになった。

その義父も亡くなると、恭介が跡を継ぐかたちになった。海外出張も多く、一週間も休めるのは久しぶりだ。

「変な夢を見てた。利沙にいじめられる、長い夢だ」

「もう……小学校のときの話？　だってあの頃のあたしは……恭介の気を引きたくても、子供すぎて、やりかたがわからなかったんだもの」

すねた演技で口をとがらせると、恭介の胸筋に唇を這わせる。

「最初から『エッチなことをして』って言えばよかったの？　でも、すぐ逆に……あたしがペットにされちゃったじゃない」

唾液をからめた舌先が恭介の乳首を転がす。

「うっ……」

寝起きの身体は敏感だ。夫の乳首が弱点だと見つけたのも、はるか昔の利沙だ。

「ふふ。硬くなってきた」

ベッドの足下から、妻よりも色っぽい声が聞こえ、続いて剝き出しの亀頭が温かな潤みに包まれる。

くちゅっ、ちゅぷぅ。

水音が響く。

「んふ……おいしいわ」

恭介が顔を起こすと、開いた脚の間で、ウエーブのかかった髪が上下に揺れていた。

白いバスローブから、見事に熟れきった乳房がのぞく。

「もう……ママったら」

利沙が起きあがり、夫の肉茎をやさしく咥える実の母に笑いかける。

「ああン……だって、利沙ちゃんが恭介くんを貸してくれる機会なんて、めったにないもの……んふ……あン、利沙ちゃんの前だとすごく大きくなるのね……妬けるわ」

「あら……ママのあそこ、糸を引いてる……二人とも朝からエッチだわ」

実の母娘が同じ男を共有しているのだ。

世間的には許されない関係だが、恭介は三人での生活を気に入っている。

（夢に出てきた華江さんは高慢な感じだったけど……あれは俺の願望だったのか。でも、そんなマゾ趣味はないつもりだけど……）

柔和だが淫らな義母は、夢の中で恭介を肉玩具扱いした熟女とはまったく違う。

小学校の音楽室で、同級生の母と禁断の関係ができてから、華江はずっと利沙と恭介の関係を応援してくれた。

「くうっ、華江さんのフェラ……ねちっこくて、いいっ」

ふだんの華江は夫婦の行為にからむだけで、決して主導権を握ろうとはしない。母娘の役割分担が、倒錯の関係を長続きさせてきた秘訣だ。

「ああん……昨日はお尻だったから……今日は前に欲しい……」

ただし、娘が妊娠中の今は積極的だ。

口唇奉仕で威容が天を向くと、華江はバスローブをゆっくりと脱ぐ。

「うふ……とっても素敵な旦那様だわ。ママにおすそ分けをしてくれるのね」

妊娠中の娘にも負けない、見事なバストが現れた。

恥毛は一本も残っていない。母と夫の結合部を見ると興奮すると利沙が言ったので、
エステで完全に処理したのだ。

恭介に跨ると、豊満な腰を落としてきた。

バラの蕾を思わせる肉唇が、亀頭に触れる。

「あはあ……熱いわ」

「うくう……華江さんの穴は……どこも柔らかくて、いやらしい」

恭介が呻くと、利沙が仲間はずれはイヤよとばかりに、夫の乳首にしゃぶりつく。

少年時代の恭介が夢見た、淫らな関係。それがまさに今、実現したのだ。

◉新人作品**大募集**◉

マドンナメイト編集部では、意欲あふれる新人作品を常時募集しております。採用された作品は、本人通知のうえ当文庫より出版されることになります。

【応募要項】未発表作品に限る。四〇〇字詰原稿用紙換算で三〇〇枚以上四〇〇枚以内。必ず梗概をお書き添えのうえ、名前・住所・電話番号を明記してお送り下さい。なお、採否にかかわらず原稿は返却いたしません。また、電話でのお問い合せはご遠慮下さい。

【送付先】〒一〇一-八四〇五　東京都千代田区神田三崎町二-一八-一一　マドンナ社編集部　新人作品募集係

いじめっ娘ペット化計画

著者◉綿引海【わたびき・うみ】

発行◉マドンナ社
発売◉二見書房　東京都千代田区神田三崎町二-一八-一一
電話　〇三-三五一五-二三一一（代表）
郵便振替　〇〇一七〇-四-二六三九

印刷◉株式会社堀内印刷所　製本◉株式会社村上製本所　落丁・乱丁本はお取替えいたします。定価は、カバーに表示してあります。

ISBN978-4-576-20051-4◉Printed in Japan◉